Contemporánea

Adolfo Bioy Casares nació en Buenos Aires el 15 de septiembre de 1914. Desde niño se interesó por la literatura, que descubrió en la biblioteca familiar donde abundaban los libros de autores argentinos y extranjeros, en especial ingleses y franceses. Publicó algunas obras en su primera juventud, pero su madurez literaria se inició con la novela *La invención de Morel* (1940), a la que siguieron otras como *Plan de evasión* (1945), *El sueño de los héroes* (1954), *Diario de la guerra del cerdo* (1969), *Dormir al sol* (1973) y *La aventura de un fotógrafo en La Plata* (1985), así como numerosos libros de cuentos, entre los que destacan *La trama celeste* (1948), *Historia prodigiosa* (1956), *El lado de la sombra* (1962), *El héroe de las mujeres* (1978) e *Historias desaforada*s (1986). Publicó asimismo ensayos, como *La otra aventura* (1968), y sus *Memorias* (1994). En colaboración con Silvina Ocampo, su esposa, escribió la novela *Los que aman, odian* (1946), y con Jorge Luis Borges varios volúmenes de cuentos bajo el seudónimo H. Bustos Domecq. Los tres compilaron la influyente *Antología de la literatura fantástica* (1940). Maestro de este género, de la novela breve y del cuento clásico, fue distinguido con el Premio Cervantes de literatura en 1990. Murió en su ciudad natal el 8 de marzo de 1999.

Adolfo Bioy Casares

La invención de Morel

DEBOLS!LLO

Papel certificado por el Forest Stewardship Council®

Penguin
Random House
Grupo Editorial

Primera edición: marzo de 2022

© 1940, Adolfo Bioy Casares
© 2022, Herederos de Adolfo Bioy Casares
© 2022, Penguin Random House Grupo Editorial, S. A. U.
Travessera de Gràcia, 47-49. 08021 Barcelona
© 1995, 2011, María Kodama, por el prólogo
Diseño de la cubierta: Penguin Random House Grupo Editorial / Raquel Cané
Imagen de la cubierta: © Archivo Horacio Cóppola
Fotografía del autor: © Alicia D'Amico

Printed in Spain – Impreso en España

ISBN: 978-84-663-6027-2
Depósito legal: B-857-2022

Compuesto en M. I. Maquetación, S. L.

Impreso en Liberdúplex
Sant Llorenç d'Hortons (Barcelona)

P 360272

Prólogo

Stevenson, hacia 1882, anotó que los lectores británicos desdeñaban un poco las peripecias y opinaban que era muy hábil redactar una novela sin argumento, o de argumento infinitesimal, atrofiado. José Ortega y Gasset —La deshumanización del arte, *1925— trata de razonar el desdén anotado por Stevenson y estatuye, en la página 96, que «es muy difícil que hoy quepa inventar una aventura capaz de interesar a nuestra sensibilidad superior», y, en la 97, que esa invención «es prácticamente imposible». En otras páginas, en casi todas las otras páginas, aboga por la novela «psicológica» y opina que el placer de las aventuras es inexistente o pueril. Tal es, sin duda, el común parecer de 1882, de 1925 y aun de 1940. Algunos escritores (entre los que me place contar a Adolfo Bioy Casares) creen razonable disentir. Resumiré, aquí, los motivos de ese disentimiento.*

El primero (cuyo aire de paradoja no quiero destacar ni atenuar) es el intrínseco rigor de la novela de peripecias.

La novela característica, «psicológica», propende a ser informe. Los rusos y los discípulos de los rusos han demostrado hasta el hastío que nadie es imposible: suicidas por felicidad, asesinos por benevolencia, personas que se adoran hasta el punto de separarse para siempre, delatores por fervor o por humildad... Esa libertad plena acaba por equivaler al pleno desorden. Por otra parte, la novela «psicológica» quiere ser también novela «realista»: prefiere que olvidemos su carácter de artificio verbal y hace de toda vana precisión (o de toda lánguida vaguedad) un nuevo toque verosímil. Hay páginas, hay capítulos de Marcel Proust que son inaceptables como invenciones: a los que, sin saberlo, nos resignamos como a lo insípido y ocioso de cada día. La novela de aventuras, en cambio, no se propone como una transcripción de la realidad: es un objeto artificial que no sufre ninguna parte injustificada. El temor de incurrir en la mera variedad sucesiva del Asno de Oro, de los siete viajes de Simbad o del Quijote, le impone un riguroso argumento.

He alegado un motivo de orden intelectual; hay otros de carácter empírico. Todos tristemente murmuran que nuestro siglo no es capaz de tejer tramas interesantes; nadie se atreve a comprobar que si alguna primacía tiene este siglo sobre los anteriores, esa primacía es la de las tramas. Stevenson es más apasionado, más diverso, más lúcido, quizá más digno de nuestra absoluta amistad que Chesterton; pero los argumentos que gobierna son inferiores. De Quincey, en noches de minucioso terror, se hundió en el corazón de laberintos hechos de laberintos, pero no

amonedó su impresión de unutterable and self-repeating
infinities *en fábulas comparables a las de Kafka. Anota con
justicia Ortega y Gasset que la «psicología» de Balzac no
nos satisface; lo mismo cabe anotar de sus argumentos.
A Shakespeare, a Cervantes, les agradaba la antinómica
idea de una muchacha que, sin disminución de hermosura,
logra pasar por hombre; ese móvil no funciona con nosotros... Me creo libre de toda superstición de modernidad,
de cualquier ilusión de que ayer difiere íntimamente de
hoy o diferirá de mañana; pero considero que ninguna otra
época posee novelas de tan admirable argumento como*
The Invisible Man, *como* The Turn of the Screw, *como* Der
Prozess, *como* Le Voyageur sur la terre, *como esta que ha
logrado, en Buenos Aires, Adolfo Bioy Casares.*

*Las ficciones de índole policial —otro género típico de
este siglo que no puede inventar argumentos— refieren
hechos misteriosos que luego justifica e ilustra un hecho
razonable; Adolfo Bioy Casares, en estas páginas, resuel-
ve con felicidad un problema acaso más difícil. Despliega
una Odisea de prodigios que no parecen admitir otra
clave que la alucinación o que el símbolo, y plenamente
los descifra mediante un solo postulado fantástico pero no
sobrenatural. El temor de incurrir en prematuras o parciales revelaciones me prohíbe el examen del argumento
y de las muchas delicadas sabidurías de la ejecución. Bás-
teme declarar que Bioy renueva literariamente un con-
cepto que San Agustín y Orígenes refutaron, que Louis
Auguste Blanqui razonó y que dijo con música memora-
ble Dante Gabriel Rossetti:*

I have been here before,
but when or how I cannot tell:
I know the grass beyond the door,
the sweet keen smell,
the sighing sound, the lights around the shore...

En español, son infrecuentes y aun rarísimas las obras de imaginación razonada. Los clásicos ejercieron la alegoría, las exageraciones de la sátira y, alguna vez, la mera incoherencia verbal; de fechas recientes no recuerdo sino algún cuento de Las fuerzas extrañas *y alguno de Santiago Dabove: olvidado con injusticia.* La invención de Morel *(cuyo título alude filialmente a otro inventor isleño, a Moreau) traslada a nuestras tierras y a nuestro idioma un género nuevo.*

He discutido con su autor los pormenores de su trama, la he releído; no me parece una imprecisión o una hipérbole calificarla de perfecta.

JORGE LUIS BORGES
Buenos Aires, 2 de noviembre de 1940

La invención de Morel

A Jorge Luis Borges

Hoy, en esta isla, ha ocurrido un milagro. El verano se adelantó. Puse la cama cerca de la pileta de natación y estuve bañándome, hasta muy tarde. Era imposible dormir. Dos o tres minutos afuera bastaban para convertir en sudor el agua que debía protegerme de la espantosa calma. A la madrugada me despertó un fonógrafo. No pude volver al museo, a buscar las cosas. Huí por las barrancas. Estoy en los bajos del sur, entre plantas acuáticas, indignado por los mosquitos, con el mar o sucios arroyos hasta la cintura, viendo que anticipé absurdamente mi huida. Creo que esa gente no vino a buscarme; tal vez no me hayan visto. Pero sigo mi destino: estoy desprovisto de todo, confinado al lugar más escaso, menos habitable de la isla; a pantanos que el mar suprime una vez por semana.

Escribo esto para dejar testimonio del adverso milagro. Si en pocos días no muero ahogado, o luchando por mi libertad, espero escribir la *Defensa ante sobrevivientes* y un *Elogio de Malthus*. Atacaré, en esas páginas, a los agotadores de las selvas y de los desiertos; demostraré que el mundo, con el perfeccionamiento de las policías, de los documentos, del periodismo, de la radiotelefonía, de las aduanas, hace irreparable cualquier error de la justicia, es un infierno unánime para los perseguidos. Hasta ahora no he podido escribir sino esta hoja que ayer no preveía. ¡Cómo hay de ocupaciones en la isla solitaria! ¡Qué insuperable es la dureza de la madera! ¡Cuánto más grande es el espacio que el pájaro movedizo!

Un italiano, que vendía alfombras en Calcuta, me dio la idea de venirme; dijo (en su lengua):

—Para un perseguido, para usted, sólo hay un lugar en el mundo, pero en ese lugar no se vive. Es una isla. Gente blanca estuvo construyendo, en 1924 más o menos, un museo, una capilla, una pileta de natación. Las obras están concluidas y abandonadas.

Lo interrumpí; quería su ayuda para el viaje; el mercader siguió:

—Ni los piratas chinos, ni el barco pintado de blanco del Instituto Rockefeller la tocan. Es el foco de una enfermedad, aún misteriosa, que mata de afuera para adentro. Caen las uñas, el pelo, se mueren la piel y las córneas de los ojos, y el cuerpo vive ocho, quince días. Los tripulantes de un vapor que había fondeado en la isla estaban despellejados, calvos, sin uñas —todos muertos—, cuando los encontró el crucero japonés *Namura*. El vapor fue hundido a cañonazos.

Pero tan horrible era mi vida que resolví partir... El italiano quiso disuadirme; logré que me ayudara.

Anoche, por centésima vez, me dormí en esta isla vacía… Viendo los edificios pensaba lo que habría costado traer esas piedras, lo fácil que hubiera sido levantar un horno de ladrillos. Me dormí tarde y la música y los gritos me despertaron a la madrugada. La vida de fugitivo me aligeró el sueño: estoy seguro de que no ha llegado ningún barco, ningún aeroplano, ningún dirigible. Sin embargo, de un momento a otro, en esta pesada noche de verano, los pajonales de la colina se han cubierto de gente que baila, que pasea y que se baña en la pileta, como veraneantes instalados desde hace tiempo en Los Teques o en Marienbad.

*

Desde los pantanos de las aguas mezcladas veo la parte alta de la colina, los veraneantes que habitan el museo. Por su aparición inexplicable podría suponerse que son efectos del calor de anoche, en mi cerebro; pero aquí no hay alucinaciones ni imágenes: hay hombres verdaderos, por lo menos tan verdaderos como yo.

Están vestidos con trajes iguales a los que se llevaban hace pocos años: gracia que revela (me parece) una consumada frivolidad; sin embargo, debo reconocer que ahora es muy general admirarse con la magia del pasado inmediato.

Quién sabe por qué destino de condenado a muerte los miro, inevitablemente, a todas horas. Bailan entre los pajonales de la colina, ricos en víboras. Son inconscientes enemigos que, para oír «Valencia» y «Té para dos» —un fonógrafo poderosísimo los ha impuesto al ruido del viento y del mar—, me privan de todo lo que me ha costado tanto trabajo y es indispensable para no morir, me arrinconan contra el mar en pantanos deletéreos.

En este juego de mirarlos hay peligro; como toda agrupación de hombres cultos han de tener escondido un camino de impresiones digitales y de cónsules que me remitirá, si me descubren, por unas cuantas ceremonias o trámites, al calabozo.

Exagero: miro con alguna fascinación —hace tanto que no veo gente— a estos abominables intrusos; pero sería imposible mirarlos a todas horas:

Primero: porque tengo mucho trabajo: el sitio es capaz de matar al isleño más hábil; acabo de llegar; estoy sin herramientas.

Segundo: por el peligro de que me sorprendan mirándolos o en la primera visita que hagan a esta zona; si quiero evitarlo debo construir guaridas ocultas en los matorrales.

Finalmente: porque hay dificultad material para verlos: están en lo alto de la colina y para quien los espía desde aquí son como gigantes fugaces; puedo verlos cuando se acercan a las barrancas.

Mi situación es deplorable. Me toca vivir en estos bajos en un momento en que las mareas suben más que nunca. Hace pocos días vino la más grande que he visto desde que estoy en la isla.

Cuando oscurece busco ramas y las cubro con hojas. No me extraña despertarme en el agua. La marea sube a eso de las siete de la mañana; a veces llega con adelanto. Pero una vez por semana hay subidas que pueden ser concluyentes. Hendiduras en el tronco de los árboles son la contabilidad de los días; un error me llenaría de agua los pulmones.

Siento con desagrado que este papel se transforma en testamento. Si debo resignarme a eso, he de procurar que mis afirmaciones puedan comprobarse; de modo que nadie, por encontrarme alguna vez sospechoso de falsedad, crea que miento al decir que me han condenado injustamente. Pondré este informe bajo la divisa de Leonardo —*Hostinato rigore*— e intentaré seguirla.

*

Creo que esta isla se llama Villings y que pertenece al archipiélago de las Ellice.[1] Del comerciante de alfombras Dalmacio Ombrellieri (Calle Hyderabad, 21, suburbio de Ramkrishnapur, Calcuta) podrán ustedes obtener más precisiones. Ese italiano me alimentó varios días que pasé enrollado en alfombras persas; después me cargó en la bodega de un buque. No lo comprometo, al recordarlo en este diario; no soy ingrato con él... La *Defensa ante sobrevivientes* no dejará dudas: como en la realidad, en la memoria de los hombres —donde a lo mejor está el cie-

---

1. Lo dudo. Habla de una colina y de árboles de diversas clases. Las islas Ellice —o «de las lagunas»— son bajas y no tienen más árboles que los cocoteros arraigados en el polvo del coral. (NOTA DEL EDITOR).

lo— Ombrellieri habrá sido caritativo con un prójimo injustamente perseguido y, hasta en el último recuerdo en que aparezca, lo tratarán con benevolencia.

Desembarqué en Rabaul; con una tarjeta del comerciante visité a un miembro de la sociedad más conocida de Sicilia; en el brillo metálico de la luna, en el humo de fábricas de conservas de mariscos, recibí las últimas instrucciones y un bote robado; remé exasperadamente, llegué a la isla (con una brújula que no entiendo; sin orientación; sin sombrero; enfermo; con alucinaciones); el bote encalló en las arenas del este (sin duda los arrecifes de coral que rodean la isla estaban sumergidos); me quedé en el bote, más de un día, perdido en episodios de aquel horror, olvidando que había llegado.

*

La vegetación de la isla es abundante. Plantas, pastos, flores de primavera, de verano, de otoño, de invierno, van siguiéndose con urgencia, con más urgencia en nacer que en morir, invadiendo unos el tiempo y la tierra de los otros, acumulándose inconteniblemente. En cambio, los árboles están enfermos; tienen las copas secas, los troncos vigorosamente brotados. Encuentro dos explicaciones: o bien que las yerbas estén sacando la fuerza del suelo o bien que las raíces de los árboles hayan alcanzado la piedra (el hecho de que los árboles nuevos estén sanos parece confirmar la segunda hipótesis). Los árboles de la colina se endurecieron tanto que es imposible trabajarlos; tampoco puede conseguirse nada con los del bajo: los deshace la presión de los dedos y queda en la mano un aserrín pegajoso, unas astillas blandas.

*

En la parte alta de la isla, que tiene cuatro barrancas pastosas (hay rocas en las barrancas del oeste), están el museo, la capilla, la pileta de natación. Las tres construcciones son modernas, angulares, lisas, de piedra sin pulir. La piedra, como tantas veces, parece una mala imitación y no armoniza perfectamente con el estilo.

La capilla es una caja oblonga, chata (esto la hace parecer muy larga). La pileta de natación está bien construida, pero, como no excede el nivel del suelo, inevitablemente se llena de víboras, sapos, escuerzos e insectos acuáticos. El museo es un edificio grande, de tres pisos, sin techo visible, con un corredor al frente y otro más chico atrás, con una torre cilíndrica.

Lo encontré abierto; en seguida me instalé en él. Lo llamo museo porque así lo llamaba el mercader italiano. ¿Qué razones tenía? Quién sabe si él mismo las conoce. Podría ser un hotel espléndido, para unas cincuenta personas, o un sanatorio.

Tiene un hall con bibliotecas inagotables y deficientes: no hay más que novelas, poesía, teatro (si no se cuenta un librito —Belidor: *Travaux – Le Moulin Perse – París, 1737*— que estaba sobre una repisa de mármol verde y ahora abulta un bolsillo de estos jirones de pantalón que llevo puestos. Lo tomé porque el nombre Belidor me pareció extraño y porque me pregunté si el capítulo «Moulin Perse» no explicaría ese molino que hay en los bajos). Recorrí los estantes buscando ayuda para ciertas investigaciones que el proceso interrumpió y que en la soledad de la isla traté de continuar (creo que perdemos la inmortalidad porque la resistencia a la muerte no ha evolucionado; sus perfeccionamientos insisten en la primera idea, rudimentaria: retener vivo todo el cuerpo. Sólo habría que buscar la conservación de lo que interesa a la conciencia).

En el hall, las paredes son de mármol rosa, con algunos listones verdes, como columnas hundidas. Las ventanas, con sus vidrios azules, alcanzarían al piso alto de mi casa natal. Cuatro cálices de alabastro, en que podrían esconderse cuatro medias docenas de hombres, irradian luz eléctrica. Los libros mejoran un poco esta decoración. Una puerta da al corredor; otra al salón redondo; otra, ínfima, tapada por un biombo, a la escalera de caracol.

En el corredor está la escalera principal, de estuco y alfombrada. Hay sillas de paja y las paredes están cubiertas de libros.

El comedor es de unos dieciséis metros por doce. Sobre triples columnas de caoba, en cada pared, hay terrazas que son como palcos para cuatro divinidades sentadas —una en cada palco—, semiindias, semiegipcias, ocres, de terracota; son tres veces más grandes que un hombre; las rodean hojas oscuras y prominentes, de plantas de yeso. Debajo de las terrazas hay grandes paneles con dibujos de Fujita, que desentonan (por humildes).

El piso del salón redondo es un acuario. En invisibles cajas de vidrio, en el agua, hay lámparas eléctricas (la única iluminación de ese cuarto sin ventanas). Recuerdo el lugar con asco. A mi llegada había centenares de peces muertos; sacarlos fue una operación horripilante; he dejado correr agua, días y días, pero siempre tomo allí olor a pescado podrido (que sugiere las playas de la patria, con sus turbios de multitud de peces, vivos y muertos, saltando de las aguas e infectando vastísimas zonas de aire, mientras los abrumados pobladores los entierran). Con el piso iluminado y las columnas de laca negra que lo rodean, en ese cuarto uno se imagina caminando mágicamente sobre un estanque, en medio de un bosque. Por dos aberturas da al hall y a una sala chica, verde, con un piano, un fonógrafo y un biombo de espejos, que tiene veinte hojas, o más.

Las habitaciones son modernas, suntuosas, desagradables. Hay quince departamentos. En el mío hice una obra devastadora, que dio poco resultado. No tuve más cuadros —de Picasso—, ni cristales ahumados, ni forros con valiosas firmas, pero viví en una ruina incómoda.

*

En dos ocasiones análogas hice mis descubrimientos en los sótanos. En la primera —habían empezado a mermar las provisiones de la despensa— buscaba alimentos y descubrí la usina.

Cuando recorría el sótano advertí que ninguna pared tenía el tragaluz que yo había visto desde afuera, con vidrios espesos y rejas, medio escondido entre las ramas de un conífero. Como en una discusión con alguien que me sostuviera que ese tragaluz era irreal, visto en un sueño, salí a comprobar si todavía estaba.

Lo vi de nuevo. Bajé al sótano y tuve gran dificultad para orientarme y encontrar, por dentro, el sitio que correspondía al tragaluz. Estaba del otro lado de la pared. Busqué hendiduras, puertas secretas. La pared era muy lisa y muy sólida. Pensé que en una isla, en un lugar tapiado tenía que haber un tesoro; pero decidí romper la pared y entrar, porque me pareció más verosímil que hubiera, si no ametralladoras y municiones, un depósito de víveres.

Con el hierro que servía para atrancar una puerta, y una creciente languidez, abrí un agujero: se vio claridad celeste. Trabajé mucho y esa misma tarde estuve adentro. Mi primera sensación no fue el disgusto de no encontrar víveres, ni el alivio de reconocer una bomba de sacar agua y una usina de luz, sino la admiración placentera y larga: las paredes, el techo, el piso, eran de porcelana celeste y hasta el mismo aire (en ese cuarto sin más comunicación con el día que un tragaluz alto y escondido entre las ramas de un árbol) tenía la diafanidad celeste y profunda que hay en la espuma de las cataratas.

Entiendo muy poco de motores, pero no tardé en ponerlos en funcionamiento. Cuando se me acaba el agua llovida, hago trabajar la bomba. Todo esto me ha sorprendido: por mí y por la simplicidad y buen estado de las máquinas. No ignoro que para contrarrestar una falla solamente cuento con mi resignación. Soy tan inepto que todavía no he podido averiguar el destino de unos motores verdes que hay en el mismo cuarto, ni de ese rodillo con aletas que está en los bajos del sur (vinculado con el sótano por un tubo de hierro; si no estuviera tan alejado de la costa le atribuiría alguna relación con las mareas; podría imaginar que sirve para cargar los acumuladores que ha de tener la usina). Por esa ineptitud hago mucha economía; no pongo en marcha los motores sino cuando es indispensable.

Sin embargo, en una ocasión, todas las luces del museo estuvieron encendidas la noche entera. Fue la segunda vez que hice descubrimientos en los sótanos.

Yo estaba enfermo. Tuve la esperanza de que en alguna parte del museo hubiera un mueble con remedios; arriba no había nada; bajé a los sótanos y… esa noche ignoré mi enfermedad, olvidé que los horrores que estaba pasando vienen, solamente, en los sueños. Descubrí una puerta secreta, una escalera, un segundo sótano. Entré en una cámara poliédrica —parecida a unos refugios contra bombardeos que vi en el cinematógrafo— con las paredes recubiertas por chapas de dos tipos —unas de un material como el corcho, otras de mármol— simétricamente distribuidas. Di un paso: por arcadas de piedra, en ocho direcciones vi repetirse, como en espejos, ocho veces la misma cámara. Después oí muchos pasos, terriblemente claros, a mi alrededor, arriba, abajo, caminando por el museo. Adelanté un poco más: se apagaron los ruidos, como en un ambiente de nieve, como en las frías alturas de Venezuela.

Subí la escalera. Había el silencio, el ruido solitario del mar, la inmovilidad con fugas de ciempiés. Temí una invasión de fantasmas, una invasión de policías, menos verosímil. Pasé horas entre las cortinas, angustiado por el escondite que había elegido (era posible verme de afuera; si quería escaparme de alguien que estuviera en el cuarto debía abrir la ventana). Después me atreví a registrar la casa, pero seguía inquieto: me había oído rodear de pasos nítidos, a distintas alturas, movedizos.

A la madrugada bajé de nuevo al sótano. Me rodearon los mismos pasos, de cerca y de lejos. Pero esa vez los comprendí. Molesto, seguí recorriendo el segundo sótano, intermitentemente escoltado por la bandada solícita de los ecos, multiplicadamente solo. Hay nueve cámaras iguales; otras cinco en un sótano más bajo. Parecen refugios contra bombardeos. ¿Quiénes eran los que, en 1924, más o menos, construyeron este edificio? ¿Por qué lo han dejado abandonado? ¿Qué bombardeos temían? Asombra que los ingenieros de una casa tan bien construida hayan respetado el moderno prejuicio contra las molduras, hasta el punto de haber hecho este refugio que pone a prueba el equilibrio mental: los ecos de un suspiro hacen oír suspiros, al lado, lejanos, durante dos o tres minutos. Donde no hay ecos el silencio es tan horrible como ese peso que no deja huir, en los sueños.

El lector atento puede sacar de mi informe un catálogo de objetos, de situaciones, de hechos más o menos asombrosos; el último es la aparición de los actuales habitantes de la colina. ¿Cabe relacionar a estas personas con las que vivieron en 1924? ¿Habrá que ver en los turistas de hoy a los constructores del museo, de la capilla, de la pileta de natación? No me decido a creer que una de estas personas haya interrumpido alguna vez «Té para dos» o «Valencia», para hacer el proyecto de esta casa, infestada de ecos, es cierto, pero a prueba de bombas.

*

En las rocas hay una mujer mirando las puestas de sol, todas las tardes. Tiene un pañuelo de colores atado en la cabeza; las manos juntas, sobre una rodilla; soles prenatales han de haber dorado su piel; por los ojos, el pelo negro, el busto, parece una de esas bohemias o españolas de los cuadros más detestables.

Con puntualidad aumento las páginas de este diario y olvido las que me excusarán de los años que mi sombra se demoró en la tierra (*Defensa ante sobrevivientes* y *Elogio de Malthus*). Sin embargo, lo que hoy escribo será una precaución. Estas líneas permanecerán invariables, a pesar de la flojedad de mis convicciones. He de ajustarme a lo que ahora sé: conviene a mi seguridad renunciar, interminablemente, a cualquier auxilio de un prójimo.

*

No espero nada. Esto no es horrible. Después de resolverlo, he ganado tranquilidad.

Pero esa mujer me ha dado una esperanza. Debo temer las esperanzas.

Mira los atardeceres todas las tardes; yo, escondido, estoy mirándola. Ayer, hoy de nuevo, descubrí que mis noches y días esperan esa hora. La mujer, con la sensualidad de cíngara y con el pañuelo de colores demasiado grande, me parece ridícula. Sin embargo, siento, quizá un poco en broma, que si pudiera ser mirado un instante, hablado un instante por ella, afluiría juntamente el socorro que tiene el hombre en los amigos, en las novias y en los que están en su misma sangre.

Mi esperanza puede ser obra de los pescadores y del tenista barbudo. Hoy me irritó encontrarla con ese falso tenista; no tengo celos; pero ayer tampoco la vi; iba a las rocas, y esos pescadores me impidieron seguir; no me dijeron nada: huí antes de ser visto. Procuré sortearlos por arriba; imposible; tenían amigos, mirándolos pescar. Cuando di vuelta, el sol ya se había puesto, las rocas solas atestiguaban la noche.

Quizá esté preparando una estupidez irremediable; quizá esta mujer, entibiada por soles de todas las tardes, me entregue a la policía.

La calumnio; pero no olvido el amparo de la ley. Los que deciden la condena imponen tiempos, defensas que nos aferran a la libertad, dementemente.

Ahora, invadido por suciedad y pelos que no puedo extirpar, un poco viejo, crío la esperanza de la cercanía benigna de esta mujer indudablemente hermosa.

Confío en que mi enorme dificultad sea instantánea: pasar la primera impresión. Ese falso impostor no me vencerá.

*

En quince días hubo tres grandes inundaciones. Ayer la suerte me salvó de morir ahogado. Casi me sorprende el agua. Ateniéndome a las marcas del árbol, calculé para hoy la marea. Si a la madrugada hubiera dormido, habría muerto. Muy pronto el agua estaba subiendo con la decisión que tiene una vez por semana. Ha sido tanta mi negligencia que ahora no sé a qué atribuir estas sorpresas: a errores de cálculo o a una pérdida transitoria de regularidad en las grandes mareas. Si las mareas han cambiado sus costumbres, la vida en estos bajos será todavía más precaria. Me acomodaré, sin embargo. ¡He sobrevivido a tanta adversidad!

Viví enfermo, dolorido, con fiebre, muchísimo tiempo; ocupadísimo en no morirme de hambre; sin poder escribir (con esta cara indignación que debo a los hombres).

A mi llegada había algunas provisiones en la despensa del museo. En un horno clásico y tostado, con harina, sal y agua, elaboré un pan incomible. Muy pronto comí harina en la bolsa, en polvo (con sorbos de agua). Todo se acabó: hasta unas lenguas de cordero en mal estado, hasta los fósforos (con un consumo de tres por día). ¡Cuánto más evolucionados que nosotros fueron los inventores del fuego! Estuve trabajando, lastimándome infinitos días, para hacer una trampa; cuando funcionó pude comer pájaros sangrientos y dulces. He seguido la tradición de los solitarios; he comido, también, raíces. El dolor, una lividez húmeda y espantosa, catalepsias que no me dejaron un recuerdo, inolvidables miedos soñados, me han permitido conocer las plantas más venenosas.[1]

Estoy molesto: no tengo las herramientas; la región es malsana, adversa. Pero, hace unos meses, mi vida actual me hubiera parecido un exagerado paraíso.

Las mareas diarias no son peligrosas ni puntuales. A veces levantan las ramas cubiertas de hojas que tiendo para dormir y amanezco en un mar impregnado por las aguas barrosas de los pantanos.

Me queda la tarde para la caza; a la mañana estoy con el agua hasta la cintura; los movimientos pesan como si la parte del cuerpo que está sumergida fuera muy grande; en compensación, hay menos lagartos y víboras; los mosquitos duran todo el día, todo el año.

Las herramientas están en el museo. Aspiro a tener valor, a emprender una expedición y rescatarlas. Tal vez no sea indispensable: esta gente desaparecerá; tal vez he tenido alucinaciones.

El bote ha quedado fuera de alcance, en la playa del este. Lo que pierdo no es mucho: saber que no estoy preso, que puedo irme de la isla; pero ¿pude irme alguna vez? Sé el infierno que encierra ese bote. Vine de Rabaul hasta aquí. No tenía agua para beber, no tenía sombrero. A remo, el mar es inagotable. La insolación, el cansancio

1. Ha vivido, sin duda, debajo de árboles cargados de cocos. No los menciona. ¿Ha podido no verlos? ¿O será más bien que, atacados por la peste, los árboles no daban fruta? (NOTA DEL EDITOR).

eran mayores que mi cuerpo. Me aquejaron una ardiente enfermedad y sueños que no se cansaban.

Ahora mi fortuna es distinguir las raíces comestibles. He llegado a ordenar la vida tan bien que hago todos los trabajos y me queda, todavía, un rato para descansar. En esta amplitud me siento libre, feliz.

Ayer me atrasé; hoy estuve trabajando continuamente; sin embargo, quedó algo para mañana; cuando hay tanto que hacer, la mujer de las tardes no me desvela.

Ayer a la mañana el mar invadía los bajos. Nunca he visto una marea de tanta amplitud. Todavía estaba creciendo cuando empezó a llover (aquí las lluvias son infrecuentes, poderosísimas, con vendavales). Tuve que buscar reparo.

Atareado por lo resbaladizo de la pendiente, el ímpetu de la lluvia, el viento y las ramas, subí a la colina. Se me ocurrió esconderme en la capilla (el sitio más solitario de la isla).

Estaba en los cuartos reservados para que los sacerdotes tomen los desayunos y se cambien de ropa (no he visto ningún cura ni pastor entre los ocupantes del museo) y de pronto hubo dos personas, bruscamente presentes, como si no hubieran llegado, como si hubieran aparecido nada más que en mi vista o imaginación… Me escondí —irresoluto, con torpeza— debajo del altar, entre sedas coloradas y puntillas. No me vieron. Todavía me dura el asombro.

Pasé un rato, inmóvil, agachado, en postura incómoda, espiando entre las cortinas de seda que hay debajo del altar principal, con la atención dirigida hacia los ruidos interpuestos por la tormenta, mirando las montañas de los hormigueros, oscuras, los caminos movedizos de las hormigas, pálidas y grandes, las baldosas removidas... Atento a las gotas en la pared y en el techo, al agua estremecida en las canaletas, a la lluvia en la vereda cercana, a los truenos, a los confusos ruidos del temporal, de los árboles, del mar en la playa, de las inmediatas vigas, queriendo aislar los pasos o la voz de alguien que estuviera avanzando hacia mi refugio, evitar otra aparición inesperada...

Entre los ruidos, empecé a oír fragmentos de una melodía concisa, muy remota... Dejé de oírla y pensé que había sido como esas figuras que, según Leonardo, aparecen cuando miramos un rato las manchas de humedad. Volvió la música y yo estuve con los ojos nublados, complacido por su armonía, convulso antes de aterrorizarme del todo.

Después de un rato fui a la ventana. El agua, blanca en el vidrio, sin brillo, profundamente oscura en el aire, apenas dejaba ver... Tuve una sorpresa tan grande que no me importó asomarme por la puerta abierta.

Aquí viven los héroes del *snobismo* (o los pensionistas de un manicomio abandonado). Sin espectadores —o soy el público previsto desde el comienzo—, para ser originales cruzan el límite de incomodidad soportable, desafían la muerte. Esto es verídico, no es una invención de mi rencor... Sacaron el fonógrafo que está en el cuarto verde, contiguo al salón del acuario, y, mujeres y hombres, sentados en bancos o en el pasto, conversaban, oían música y bailaban en medio de una tempestad de agua y viento que amenazaba arrancar todos los árboles.

*

Ahora la mujer del pañuelo me resulta imprescindible. Tal vez toda esa higiene de no esperar sea un poco ridícula. No esperar de la vida, para no arriesgarla; darse por muerto, para no morir. De pronto esto me ha parecido un letargo espantoso, inquietísimo; quiero que se acabe. Después de la fuga, después de haber vivido no atendiendo a un cansancio que me destruía, logré la calma; mis decisiones tal vez me devuelvan a ese pasado o a los jueces; los prefiero a este largo purgatorio.

Ha empezado hace ocho días. Entonces registré el milagro de la aparición de estas personas; a la tarde temblé cerca de las rocas del oeste. Me dije que todo era vulgar: el tipo bohemio de la mujer y mi enamoramiento propio de solitario acumulado. Volví dos tardes más: la mujer estaba; empecé a encontrar que lo único milagroso era esto; después vinieron los días aciagos de los pescadores, en que no la vi, del barbudo, de la inundación, de reparar los destrozos de la inundación. Hoy a la tarde…

*

Estoy asustado; pero, con mayor insistencia, descontento de mí. Ahora debo esperar que los intrusos vengan, en cualquier momento; si tardan, *malum signum*: vienen a prenderme. Esconderé este diario, prepararé una explicación y los aguardaré no muy lejos del bote, decidido a pelear, a huir. Sin embargo, no me ocupo de los peligros. Estoy incomodísimo: tuve descuidos que pueden privarme de la mujer, para siempre.

Después de bañarme, limpio y más desordenado (por efecto de la humedad en la barba y en el pelo), fui a verla. Había trazado este plan: esperarla en las rocas; la mujer, al llegar, me encontraría abstraído en la puesta del sol; la sorpresa, el probable recelo, tendrían tiempo de convertirse en curiosidad; mediaría favorablemente la común devoción a la tarde; ella me preguntaría quién soy; nos haríamos amigos…

Llegué tardísimo (mi impuntualidad me exaspera, ¡pensar que en esa corte de los vicios llamada el mundo civilizado, en Caracas, fue un trabajoso adorno, una de mis características más personales!).

Lo arruiné todo: ella miraba el atardecer y bruscamente surgí detrás de unas piedras. Bruscamente, e hirsuto, y visto desde abajo, debí de aparecer con mis atributos de espanto acrecentados.

Los intrusos han de venir de un momento a otro. No he preparado una explicación. No tengo miedo.

Esta mujer es algo más que una falsa gitana. Me espanta su valor. Nada anunció que me hubiera visto. Ni un parpadeo, ni un leve sobresalto.

Todavía el sol estaba arriba del horizonte (no el sol; la apariencia del sol; era ese momento en que ya se ha puesto, o va a ponerse, y uno lo ve donde no está). Yo había escalado con urgencia las piedras. La vi: el pañuelo de colores, las manos cruzadas sobre una rodilla, su mirada, aumentando el mundo. Mi respiración se volvió irreprimible. Los peñascos, el mar, parecían trémulos.

Cuando pensaba en esto, oí el mar con su ruido de movimiento y de fatiga, a mi lado, como si se hubiera puesto a mi lado. Me tranquilicé un poco. No era probable que se oyera mi respiración.

Entonces, para postergar el momento de hablarle, descubrí una antigua ley psicológica. Me convenía hablar desde un lugar alto, que permitiera mirar desde arriba. Esta mayor elevación material contrarrestaría, en parte, mis inferioridades.

Subí otras rocas. El esfuerzo empeoró mi estado. También lo empeoraron:

La prisa: yo me había puesto en la obligación de hablarle hoy mismo. Si quería evitar que sintiera desconfianza —por el lugar solitario, por la oscuridad— no podía esperar un minuto.

Verla: como posando para un fotógrafo invisible, tenía la calma de la tarde, pero más inmensa. Yo iba a interrumpirla.

Decir algo era una expedición alarmante. Ignoraba si tenía voz.

La miré, escondido. Temí que me sorprendiera espiándola; aparecí, tal vez demasiado bruscamente, a su mirada; sin embargo, la paz de su pecho no se interrumpió; la mirada prescindía de mí, como si yo fuera invisible.

No me detuve.

—Señorita, quiero que me oiga —dije con la esperanza de que no accediera a mi ruego, porque estaba tan emocionado que había olvidado lo que tenía que decirle. Me pareció que la palabra «señorita» sonaba ridículamente en la isla. Además la frase era demasiado imperativa (combinada con la aparición repentina, la hora, la soledad).

Insistí:

—Comprendo que no se digne...

No puedo recordar, con exactitud, lo que dije. Estaba casi inconsciente. Le hablé con una voz mesurada y baja, con una compostura que sugería obscenidades. Caí, de nuevo, en «señorita». Renuncié a las palabras y me puse a mirar el poniente, esperando que la compartida visión de esa calma nos acercara. Volví a hablar. El esfuerzo que hacía para dominarme bajaba la voz, aumentaba la obscenidad del tono. Pasaron otros minutos de silencio. Insistí, imploré, de un modo repulsivo. Al final estuve excepcionalmente ridículo: trémulo, casi a gritos, le pedí que me insultara, que me delatara, pero que no siguiera en silencio.

No fue como si no me hubiera oído, como si no me hubiera visto; fue como si los oídos que tenía no sirvieran para oír, como si los ojos no sirvieran para ver.

En cierto modo me insultó; demostró que no me temía. Ya era de noche cuando recogió el bolso de costura y se encaminó despacio a la parte alta de la colina.

Los hombres no han venido todavía a buscarme. Tal vez no vengan esta noche. Tal vez esta mujer sea para todo tan asombrosa y no les haya referido mi aparición. La noche es oscura. Conozco bien la isla: no temo a un ejército, si me busca de noche.

Ha sido, otra vez, como si no me hubiera visto. No cometí otro error que el de permanecer callado y dejar que se restableciera el silencio.

Cuando la mujer llegó a las rocas, yo miraba el poniente. Estuvo inmóvil, buscando un sitio para extender la manta. Después caminó hacia mí. Con estirar el brazo, la hubiera tocado. Esta posibilidad me horrorizó (como si hubiera estado en peligro de tocar un fantasma). En su prescindencia de mí había algo espantoso. Sin embargo, al sentarse a mi lado me desafiaba y, en cierto modo, ponía fin a esa prescindencia.

Sacó un libro del bolso y estuvo leyendo. Aproveché la tregua para serenarme.

Después, cuando la vi dejar el libro, levantar la mirada, pensé:

«Prepara una interpelación». Ésta no se produjo. El silencio aumentaba, ineludible. Comprendí la gravedad de no interrumpirlo; pero, sin obstinación, sin motivo, permanecí callado.

Ninguno de sus compañeros ha venido a buscarme. Tal vez no les haya hablado de mí; tal vez los inquiete mi conocimiento de la isla (por eso la mujer vuelve diariamente, simulando un episodio sentimental). Desconfío. Estoy listo para sorprender la conspiración más silenciosa.

He descubierto en mí una inclinación a prever las consecuencias malas, exclusivamente. Se ha formado en los últimos tres o cuatro años; no es casual; es molesta. Que la mujer vuelva, la proximidad que buscó, todo parece indicar un cambio demasiado feliz para que pueda imaginarlo... Quizá yo olvide mi barba, mis años, la policía que me ha perseguido tanto, que todavía estará buscándome, obstinada, como una maldición eficaz. No debo darme esperanzas. Escribo esto y se me ocurre una idea que es una esperanza. No creo haber insultado a la mujer, pero tal vez fuera oportuno desagraviarla. ¿Qué hace un hombre en estas ocasiones? Envía flores. Éste es un proyecto ridículo... pero las cursilerías, cuando son humildes, tienen todo el gobierno del corazón. En la isla hay muchas flores. A mi llegada quedaban algunos macizos alrededor de la pileta y del museo. Seguramente, podré hacer un jardincito en el pasto que bordea las rocas. Tal vez sirva la naturaleza para lograr la intimidad de una mujer. Tal vez me sirva para acabar con el silencio y la cautela. Será éste mi último recurso poético. Yo no he combinado colores; de pintura no entiendo casi nada... Confío, sin embargo, en poder hacer un trabajo modesto, que denote afición a la jardinería.

*

Me levanté a la madrugada. Sentía que el mérito de mi sacrificio bastaba para cumplir el trabajo.

Vi las flores (abundan en la parte baja de las barrancas). Arranqué las que me parecieron menos desagradables.

Aun las de colores vagos tienen una vitalidad casi animal. Después de un rato las miré, para ordenarlas, porque ya no me cabían debajo del brazo: estaban muertas.

Iba a renunciar a mi proyecto, pero recordé que algo más arriba, a la vista del museo, hay otro lugar con muchas flores. Como era temprano, me pareció que no había riesgo en ir a verlas. Los intrusos dormían, seguramente.

Son diminutas y ásperas. Corté unas cuantas. No tienen esa monstruosa urgencia en morirse.

Sus inconvenientes: el tamaño y estar a la vista del museo.

He pasado casi toda la mañana exponiéndome a ser descubierto por cualquier persona que hubiera tenido el coraje de levantarse antes de las diez. Me parece que tan modesto requisito de la calamidad no se cumplió. Durante mi trabajo de juntar las flores he vigilado el museo y no he visto a ninguno de sus ocupantes; esto me permite suponer que tampoco me vieron a mí.

Las flores son muy chicas. Tendré que plantar miles y miles, si no quiero un jardincito ínfimo (sería más lindo, y más fácil de hacer; pero existe el peligro de que la mujer no lo vea).

Me apliqué a preparar los canteros, a romper la tierra (está dura, las superficies planeadas son muy vastas), a regar con agua llovida. Cuando haya acabado de preparar la tierra, tendré que buscar más flores. Haré lo posible para que no me sorprendan, sobre todo para que no interrumpan el trabajo, o lo vean antes de que esté listo. He olvidado que para los movimientos de plantas hay exigencias cósmicas. No puedo creer que después de tanto peligro, de tanto cansancio, las flores no lleguen vivas hasta la puesta del sol.

Carezco de estética para jardines; de cualquier manera, entre los pastizales y las matas de paja, el trabajo resultará conmovedor. Será un fraude, naturalmente; de acuerdo con mi plan, hoy a la tarde será un jardín cuidado; mañana tal vez esté muerto o sin flores (si hay viento).

Me avergüenza un poco declarar mi proyecto. Una inmensa mujer sentada, mirando el poniente, con las manos unidas sobre una rodilla; un hombre exiguo, hecho de hojas, arrodillado frente a la mujer (debajo de este personaje pondré la palabra «yo» entre paréntesis).

Habrá esta inscripción:

Sublime, no lejana y misteriosa,
con el silencio vivo de la rosa.

*

Mi cansancio es, casi, una enfermedad. Tengo a mano el cielo de acostarme debajo de los árboles hasta las seis de la tarde. Lo postergaré. La razón de esta necesidad de escribir ha de estar en los nervios. El pretexto es que ahora mis actos me llevan a uno de mis tres porvenires: la compañía de la mujer, la soledad (o sea, la muerte en que pasé los últimos años, imposible después de haber contemplado a la mujer), la horrorosa justicia. ¿A cuál? Saberlo con tiempo es difícil. Sin embargo, la redacción y la lectura de estas memorias pueden ayudarme a esa previsión tan útil; quizá también me permitan cooperar en la producción del futuro conveniente.

He trabajado como un ejecutante prodigioso; la obra sale de toda relación con los movimientos que la hicieron. Tal vez la magia dependa de esto: había que aplicarse a las partes, a la dificultad de plantar cada flor y alinearla con la precedente. Desde el trabajo no podía preverse la obra concluida; sería un desordenado conjunto de flores o una mujer, indistintamente.

Sin embargo, la obra no parece improvisada; es de una satisfactoria pulcritud. No pude cumplir mi proyecto. Imaginativamente no cuesta más una mujer sentada, con las manos enlazadas sobre una rodilla, que una mujer de pie; hecha de flores, la primera es casi imposible. La mujer está de frente, con los pies y la cabeza de perfil, mirando una puesta de sol. La cara y un pañuelo de flores violetas forman la cabeza. La piel no está bien. No pude lograr ese color adusto, que me repugna y que me atrae. El vestido es de flores azules; tiene guardas blancas. El sol está hecho con unos extraños girasoles que hay aquí. El mar, con las mismas flores del vestido. Yo estoy de perfil, arrodillado. Soy diminuto (un tercio del tamaño de la mujer) y verde, hecho de hojas.

He modificado la inscripción. La primera me salió demasiado larga para hacerla con flores. La convertí en ésta:

Mi muerte en esta isla has desvelado.

Me alegraba ser un muerto insomne. Por este placer descuidé la cortesía; en la frase podía haber un reproche implícito. Volví, sin embargo, a esa idea. Creo que me cegaban: la afición a presentarme como un ex muerto; el descubrimiento literario o cursi de que la muerte era imposible al lado de esa mujer. Dentro de su monotonía, las aberraciones eran casi monstruosas:

Un muerto en esta isla has desvelado.

o:

Ya no estoy muerto: estoy enamorado.

Me descorazoné. La inscripción de las flores dice:

El tímido homenaje de un amor.

*

Todo ocurrió dentro de la más previsible normalidad, pero en una forma inesperadamente benigna. Estoy perdido. Al labrar este jardincito cometí un furioso error, como Áyax —o algún otro nombre helénico ya olvidado— cuando acuchilló a los animales; pero en este caso yo soy los animales acuchillados.

La mujer llegó más temprano que de costumbre. Dejó el bolso (con un libro medio salido) en una roca, y en otra, más playa, extendió la manta. Tenía un traje de tenis; un pañuelo, casi violeta, en la cabeza. Estuvo un rato mirando el mar, como adormecida; después se levantó y fue a buscar el libro. Se movió con esa libertad que tenemos cuando estamos solos. Pasó, de ida y de vuelta, al lado de mi jardincito, pero simuló no verlo. No tuve ansiedad de que lo viera; al contrario, cuando la mujer apareció, comprendí mi asombrosa equivocación, sufrí por no poder sustraer una obra que me condenaba para siempre. Fui tranquilizándome, tal vez perdiendo la conciencia. La mujer abrió el libro, posó una mano entre las hojas, siguió mirando la tarde. No se fue hasta el anochecer.

Ahora me consuelo reflexionando sobre mi condena. ¿Es justa o no? ¿Qué debo esperar después de haberle dedicado este jardincito de mal gusto? Creo, sin rebelión, que la obra no debiera perderme, si puedo criticarla. Para un ser omnisapiente, yo no soy el hombre que ese jardín hace temer. Sin embargo, lo he creado.

Iba a decir que ahí se manifestaban los peligros de la creación, la dificultad de llevar diversas conciencias, equilibradamente, simultáneamente. Pero ¿a qué vale? Estos consuelos son lánguidos. Todo se ha perdido: la vida con la mujer, la soledad pasada. Sin refugio perduro en este monólogo que, desde ahora, es injustificable.

A pesar de los nervios, hoy he sentido inspiración, cuando la tarde se deshacía participando de la incontaminada serenidad, de la magnificencia de la mujer. Este bienestar volvió a tomarme de noche; tuve un sueño con el lupanar de mujeres ciegas que visité con Ombrellieri, en Calcuta. Apareció la mujer y el lupanar fue convirtiéndose en un palacio florentino, rico, estucado. Yo, confusamente, prorrumpí: «¡Qué romántico!», lloroso de felicidad poética y de vanagloria.

Pero me desperté algunas veces, angustiado por mi falta de méritos para la estricta delicadeza de la mujer. No lo olvidaré: dominó el desagrado que le produjo mi horrendo jardincito y simuló, piadosamente, no verlo. Me angustiaba, también, oír «Valencia» y «Té para dos», que un fonógrafo excesivo repitió hasta la salida del sol.

*

Todo lo que he escrito sobre mi destino —con esperanzas o con temor, en broma o en serio— me mortifica.

Lo que siento es desagradable. Me parece que desde hace mucho sabía el alcance funesto de mis actos, y que he insistido con frivolidad y con obstinación... Habría podido tener esa conducta en un sueño, en la locura... En la siesta de hoy, como un comentario simbólico y anticipado, vino este sueño: mientras jugaba un partido de *croquet*, supe que la acción de mi juego estaba matando a un hombre. Después yo era, irremediablemente, ese hombre.

Ahora la pesadilla continúa... Mi fracaso es definitivo, y me pongo a contar sueños. Quiero despertar, y encuentro esa resistencia que impide salir de los sueños más atroces.

Hoy la mujer ha querido que sintiera su indiferencia. Lo ha conseguido. Pero su táctica es inhumana. Yo soy la víctima; sin embargo, creo ver la cuestión de un modo objetivo.

Vino con el horroroso tenista. La presencia de este hombre debe calmar los celos. Es muy alto. Llevaba un saco de tenis, granate, demasiado amplio, unos pantalones blancos y unos zapatos blancos y amarillos, desmesurados. La barba parecía postiza. La piel es femenina, cerosa, marmórea en las sienes. Los ojos son oscuros; los dientes, abominables. Habla despacio, abriendo mucho la boca, chica, redonda, vocalizando infantilmente, enseñando una lengua chica, redonda, carmesí, pegada siempre a los dientes inferiores. Las manos son larguísimas, pálidas; les adivino un tenue revestimiento de humedad.

Me escondí en seguida. Ignoro si ella me vio; supongo que sí, porque en ningún momento pareció buscarme con la vista.

Estoy seguro de que el hombre no reparó, hasta más tarde, en el jardincito. Ella simuló no verlo.

Oí algunas exclamaciones francesas. Después no hablaron. Estuvieron como súbitamente entristecidos, mirando el mar. El hombre dijo algo. Cada vez que una ola se rompía contra las piedras, yo daba dos o tres pasos, rápidamente, acercándome. Eran franceses. La mujer movió la cabeza; no oí lo que dijo, pero indudablemente era una negativa; tenía los ojos cerrados y sonreía con amargura o con éxtasis.

—Créame, Faustine —dijo el barbudo con desesperación mal contenida, y yo supe el nombre: Faustine. (Pero ha perdido toda importancia).

—No… ya sé lo que anda buscando…

Sonreía, sin amargura, ni éxtasis, frívolamente. Recuerdo que en aquel momento la odié. Jugaba con el barbudo y conmigo.

—Es una desgracia no entendernos. El plazo es corto: tres días, y ya no importará.

No comprendo bien la situación. Este hombre ha de ser mi enemigo. Me ha parecido triste; no me asombraría que su tristeza fuera un juego. El de Faustine es insoportable, casi grotesco.

El hombre quiso restar importancia a sus palabras anteriores. Dijo varias frases que tenían, más o menos, este sentido:

—No hay que preocuparse. No vamos a discutir una eternidad…

—Morel —respondió tontamente Faustine—, ¿sabe que lo encuentro misterioso?

Las preguntas de Faustine no pudieron sacarlo de un tono de bromas.

El barbudo fue a buscarle el pañuelo y el bolso. Estaban en una roca, a pocos metros. Volvió agitándolos y diciendo:

—No tome en serio lo que le he dicho… A veces creo que si despierto su curiosidad… Pero no se enoje…

De ida y de vuelta pisó mi pobre jardincito. Ignoro si conscientemente o con una inconsciencia irritante. Faustine lo vio, juro que lo vio, y no quiso evitarme esa injuria; siguió interrogándolo sonriente, interesada, casi *entregada* por la curiosidad. Su actitud me parece innoble. El jardincito es, sin duda, de un gusto pésimo. ¿Por qué hacerlo pisotear por un barbudo? ¿No estoy ya bastante pisoteado?

Pero ¿qué puede esperarse de gente así? El tipo de ambos corresponde al ideal que siempre buscan los organizadores de largas series de tarjetas postales indecentes. Armonizan: un barbudo pálido y una vasta gitana de ojos enormes… Hasta creo haberlos visto en las mejores colecciones del Pórtico Amarillo, en Caracas.

Todavía puedo preguntarme: «¿Qué debo pensar?». Ciertamente, es una mujer detestable. Pero ¿qué está buscando? Tal vez juegue conmigo y con el barbudo; pero también es posible que el barbudo no sea más que un instrumento para jugar conmigo. Hacerlo sufrir no le importa. Quizá Morel no sea más que un énfasis de su prescindencia de mí, y un signo de que ésta llega a su punto máximo y a su fin.

Pero, si no… Ya hace tanto tiempo que no me ve… Creo que voy a matarla o enloquecer, si continúa. Por momentos pienso que la insalubridad extraordinaria de la parte sur de esta isla ha de haberme vuelto invisible. Sería una ventaja: podría raptar a Faustine sin ningún peligro…

*

Ayer no fui a las rocas. Muchas veces me declaré que no iría hoy. A mitad de la tarde supe que iría. Faustine no fue y quién sabe cuándo volverá. Su entretenimiento conmigo ha terminado (con el pisoteo del jardincito). Ahora mi presencia la fastidiará como una broma que hizo gracia alguna vez y que alguien quiere repetir. Me encargaré de que no se repita.

Pero en las rocas estaba enloquecido: «Es mi culpa», me decía (que Faustine no apareciera), «por haber estado tan resuelto a faltar».

Subí a la colina. Salí de detrás de un grupo de plantas y me encontré frente a dos hombres y una señora. Me detuve, no respiré; entre nosotros no había nada (cinco metros de espacio vacío y crepuscular). Los hombres me daban la espalda; la señora estaba de frente, sentada, mirándome. La vi estremecerse. Bruscamente se volvió, miró hacia el museo. Yo me escondí detrás de unas plantas. Ella dijo con voz alegre:

—Ésta no es hora para cuentos de fantasmas. Vamos adentro.

No sé, todavía, si contaban, efectivamente, cuentos de fantasmas o si los fantasmas aparecieron en la frase para anunciar que había ocurrido algo extraño (mi aparición).

Se fueron. Un hombre y una mujer caminaban, no muy lejos. Temí que me sorprendieran. La pareja se acercó más. Oí una voz conocida:

—Hoy no fui a ver…

(Tuve palpitaciones. Me pareció que en esa cláusula yo estaba referido).

—¿Lo sientes mucho?

No sé lo que dijo Faustine. El barbudo había hecho progresos. Se tuteaban.

He vuelto a los bajos decidido a quedarme hasta que me lleve el mar. Si los intrusos vienen a buscarme, no me entregaré, no escaparé.

*

Mi decisión de no aparecer ante Faustine duró cuatro días (ayudada por dos mareas que me dieron trabajo).

Fui temprano a las rocas. Después llegaron Faustine y el falso tenista. Hablaban correctamente francés; muy correctamente; casi como sudamericanos.

—¿He perdido toda su confianza?

—Toda.

—Antes creía en mí.

Noté que ya no se tuteaban; pero en seguida recordé que las personas, cuando empiezan a tutearse, no pueden evitar las vueltas al «usted». Tal vez pensé esto influido por la conversación que estaba oyendo. Tenía, también, esa idea de vuelta al pasado, pero referida a otros temas.

—¿Y me creería si pudiera llevarla a un rato antes de esa tarde en Vincennes?

—Ya nunca podría creerle. Nunca.

—La influencia del porvenir sobre el pasado —dijo Morel, con entusiasmo y voz muy baja.

Después estuvieron en silencio, mirando el mar. El hombre habló como rompiendo una angustia opresora:

—Créame, Faustine…

Me pareció obstinado. Seguía con los mismos ruegos que le oí ocho días antes.

—No… Ya sé lo que busca.

Las conversaciones se repiten; son injustificables. Aquí no debe el lector imaginar que está descubriendo el amargo fruto de mi situación; no debe, tampoco, complacerse con la muy fácil asociación de las palabras «perseguido», «solitario», «misántropo». Yo estudié el tema antes del proceso: las conversaciones son intercambio de noticias (ejemplo: meteorológicas), de indignaciones o alegrías (ejemplo: intelectuales) ya sabidas o compartidas por los interlocutores. Mueve todo el gusto de hablar, de expresar acuerdos y desacuerdos.

Los miraba, los oía. Sentí que pasaba algo extraño; no sabía qué era. Estaba indignado con ese canalla ridículo.

—Si le dijera todo lo que busco…

—¿Lo insultaría?

—O nos comprenderíamos. El plazo es corto. Tres días. Es una desgracia no entendernos.

Con lentitud en mi conciencia, puntuales en la realidad, las palabras y los movimientos de Faustine y del barbudo coincidieron con sus palabras y movimientos de hacía ocho días. El atroz eterno retorno. Incompleto: mi jardincito, la otra vez mutilado por las pisadas de Morel, es hoy un sitio borroso, con vestigios de flores muertas, achatadas contra la tierra.

La primera impresión me halagó. Creí haber hecho este descubrimiento: en nuestras actitudes ha de haber inesperadas, constantes repeticiones. La ocasión favorable me ha permitido notarlo. Ser testigo clandestino de varias entrevistas de las mismas personas no es frecuente. Como en el teatro, las escenas se repiten.

Al oír a Faustine y al barbudo yo corregía mi recuerdo de la conversación anterior (transcripta de memoria unas páginas más atrás).

Temí que este descubrimiento pudiera ser el mero efecto de una languidez en mis recuerdos, o de la comparación de una escena real y una simplificada por olvidos.

Después, con urgente enojo, sospeché que todo fuera una representación burlesca, una broma dirigida contra mí.

Debo una explicación. Nunca dudé que lo conveniente era procurar que Faustine sintiera nuestra exclusiva importancia (y que el barbudo no contaba). Sin embargo, había empezado a tener ganas de castigar a ese individuo, a divertirme con la idea, sin desarrollo, de afrentarlo de algún modo que lo ridiculizara mucho.

Había llegado la ocasión. ¿Cómo aprovecharla? Con voluntad procuré pensar (ocupado por la rabia, exclusivamente).

Inmóvil, como si reflexionara, estuve esperando el momento de salirle al paso. El barbudo fue a buscar el pañuelo y el bolso de Faustine. Volvía agitándolos, diciendo (como la otra vez):

—No tome en serio lo que le he dicho… A veces creo…

Estaba a pocos metros de Faustine. Yo salí muy decidido a cualquier cosa, pero a nada en particular. La espontaneidad es fuente de groserías. Señalé al barbudo, como si estuviera presentándolo a Faustine, y dije a gritos:

—*La femme à barbe, Madame Faustine!*

No era una broma feliz; ni siquiera se sabía contra quién iba dirigida.

El barbudo siguió caminando hacia Faustine y no tropezó conmigo porque me eché a un lado, bruscamente.

La mujer no interrumpió las preguntas; no interrumpió la alegría de su cara. Su tranquilidad todavía me aterra.

Desde ese momento hasta hoy a la tarde estuve apenado de vergüenza, con ganas de arrodillarme ante Faustine. No pude esperar hasta la puesta del sol. Me fui a la colina, resuelto a perderme, y con un presentimiento de que si todo salía bien caería en una escena de ruegos melodramáticos. Estaba equivocado. Lo que sucede no tiene explicación. La colina está deshabitada.

*

Cuando vi la colina deshabitada temí encontrar la explicación en una celada que ya estuviera funcionando. Con sobresalto recorrí todo el museo, escondiéndome a veces. Pero bastaba mirar los muebles y las paredes, como revestidos de aislamiento, para convencerse de que allí no había nadie. Más aún: para convencerse de que nunca hubo nadie. Es difícil, después de una ausencia de casi veinte días, poder afirmar que todos los objetos de una casa de muchísimas habitaciones se encuentran donde estaban cuando uno se fue; sin embargo, acepto, como una evidencia para mí, que estas quince personas (con otras tantas de servidumbre) no hayan movido un banco, una lámpara o —si movieron algo— hayan vuelto a poner todo en el sitio, en la posición que tenía antes. He inspeccionado la cocina, el lavadero: la comida que dejé hace veinte días, la ropa (robada de un armario del museo) puesta a secar hace veinte días, estaban allí, una podrida, la otra seca, ambas intactas.

Grité en esa casa vacía: «¡Faustine! ¡Faustine!». No hubo respuesta.

Hay dos hechos —un hecho y un recuerdo— que ahora veo juntos, proponiendo una explicación. En los últimos tiempos me había dedicado a probar nuevas raíces. Creo que en Méjico los indios conocen un brebaje preparado con jugo de raíces —éste es el recuerdo (o el olvido)— que suministra delirios por muchos días. La conclusión (referida a la estadía de Faustine y de sus amigos en la isla) es lógicamente admisible; sin embargo yo tendría que estar jugando para tomarla en serio. Parezco jugando: he perdido a Faustine, y atiendo a la presentación de estos problemas para un hipotético observador, para un tercero.

Pero me acordé, incrédulo, de mi condición de fugitivo y del poder infernal de la justicia. Tal vez todo fuera una estratagema desmesurada. No debía abatirme, no debía disminuir mi capacidad de resistencia: la *catástrofe* podría ser tan horrible.

Inspeccioné la capilla, los sótanos. Decidí mirar toda la isla antes de acostarme. Fui a las rocas, a los pastizales de la colina, a las playas, a los bajos (por un exceso de prudencia). Debí aceptar que los intrusos no estaban en la isla.

Cuando volví al museo era casi de noche. Yo estaba nervioso. Deseaba la claridad de la luz eléctrica. Probé muchas llaves; no había luz. Con esto parece confirmada mi opinión de que las mareas han de suministrar la energía a los motores (por medio de ese molino hidráulico o rodillo que hay en los bajos). Los intrusos han derrochado luz. Desde las dos mareas pasadas hubo un prolongado intervalo de calma. Se acabó esa misma tarde, cuando yo entraba en el museo. Tuve que cerrar todo; parecía que el viento y el mar fueran a destruir la isla.

En el primer sótano, entre motores desmesurados en la penumbra, me sentí perentoriamente abatido. El esfuerzo indispensable para suicidarme era superfluo, ya que, desaparecida Faustine, ni siquiera podía quedar la anacrónica satisfacción de la muerte.

*

Por vago compromiso, para justificar mi descenso, intenté poner en funcionamiento la usina de luz. Hubo unas explosiones débiles y la calma interior volvió a establecerse, entre una tormenta que movía las ramas de un cedro, contra el vidrio espeso de la lumbrera.

No recuerdo cómo salí. Al llegar arriba oí un motor; la luz, con ubicua velocidad, alcanzó todo y me puso frente a dos hombres: uno vestido de blanco, otro de verde (un cocinero y un sirviente). No sé cuál preguntó (en español):

—¿Quiere decirme por qué eligió este lugar perdido?

—Él lo sabrá (*en español, también*).

Escuché con ansia. Era otra gente. Estos nuevos aparecidos (de mi cerebro castigado por carencias, tóxicos y soles, o de esta isla tan mortal) eran ibéricos y estas frases me llevaban a la conclusión de que Faustine no había regresado.

Seguían hablando con voz tranquila, como si no hubieran oído mis pasos, como si yo no estuviese.

—No lo niego; pero ¿cómo se le ha ocurrido a Morel?…

Los interrumpió un hombre que dijo airadamente:

—¿Hasta cuándo? La comida está lista, hace una hora.

Los miró con fijeza (con tanta fijeza que me pregunté si no lucharía contra una inclinación a mirarme) y en seguida desapareció, gritando. Lo siguió el cocinero; el sirviente corrió en dirección opuesta.

Yo hacía esfuerzos por serenarme, pero temblaba. Sonó un gong. Mi vida estuvo en momentos en que los héroes hubieran aceptado el miedo. Creo que ahora mismo no estarían tranquilos. Pero entonces el horror se acumuló. Por suerte, duró poco. Recordé ese gong. Lo había visto muchas veces en el comedor. Quise huir. Me serené más. Huir verdaderamente era imposible. La tormenta, el bote, la noche… Si hubiera desaparecido la tormenta, no habría sido menos horrible internarse en el mar, esa noche sin luna. Además, el bote no habría alcanzado a flotar mucho tiempo… En cuanto a los bajos, estaban seguramente inundados. Mi huida hubiera concluido muy cerca. Valía más escuchar; vigilar los movimientos de esta gente; esperar.

Miré a mi alrededor y me escondí (sonriendo para formular mi suficiencia) en un cuartito que hay debajo de la escalera. Esto (lo he pensado posteriormente) fue muy torpe. Si me hubieran buscado habrían mirado ahí sin duda. Estuve un rato sin pensar, muy tranquilo, pero todavía confuso.

Se me presentaron dos problemas:

¿Cómo llegaron a la isla? Con esa tormenta, ningún capitán se habría atrevido a acercarse; suponer un trasbordo y un desembarco por medio de botes, era absurdo.

¿Cuándo llegaron? La comida estaba lista desde hacía un rato largo; no hacía un cuarto de hora que yo había bajado a los motores, que no había nadie en la isla.

Habían nombrado a Morel. Se trataba, seguramente, de un regreso de las mismas personas. Es probable, pensé con palpitaciones, que vea, de nuevo, a Faustine.

*

Me asomé, presintiendo una detención brusca, el fin de mis perplejidades.

No había nadie.

Subí la escalera, avancé por los pasillos del entrepiso; desde uno de los cuatro balcones, entre hojas oscuras y una divinidad de barro cocido, me asomé sobre el comedor.

Había algo más de una docena de personas sentadas a la mesa. Imaginé que serían turistas neozelandeses o australianos; me pareció que estaban instalados, que no iban a partir un rato después.

Me acuerdo bien: vi el conjunto, lo comparé a los turistas, descubrí que no parecían de pasada y sólo entonces pensé en Faustine. La busqué, la encontré en seguida. Tuve una sorpresa benigna: el barbudo no estaba al lado de Faustine; una alegría precaria: el barbudo no estaba (antes de creer en ella, lo vi enfrente de Faustine).

Las conversaciones eran lánguidas. Morel propuso el tema de la inmortalidad. Se habló de viajes, de fiestas, de métodos (de alimentación). Faustine y una muchacha rubia hablaron de remedios. Alec, un hombre joven, escrupulosamente peinado, con tipo oriental y ojos verdes, intentó narrar sus negocios de lanas, sin obstinación ni éxito. Morel se entusiasmó proyectando una cancha de pelota o una cancha de tenis para la isla.

Conocí un poco más a la gente del museo. A la izquierda de Faustine había una mujer —¿Dora?— de pelo rubio, frisado, muy risueña, con la cabeza grande y ligeramente encorvada hacia adelante, como caballo brioso. Del otro lado tenía a un hombre joven, moreno, de ojos vivos y ceño cargado de concentración y de pelo. Después había una muchacha alta, con el pecho hundido, brazos extremadamente largos y expresión de asco. Esta mujer se llama Irene. Después, la que dijo «no es hora para cuentos de fantasmas», esa noche que subí a la colina. No recuerdo a los otros.

Cuando era chico jugaba a los descubrimientos en las ilustraciones de los libros: las miraba mucho e iban apareciendo objetos, interminablemente. Estuve un rato, contrariado, mirando los paneles con mujeres, tigres o gatos de Fujita.

La gente se fue al hall. Durante mucho tiempo, con demasiado terror —mis enemigos estaban o en el hall o en el sótano (el personal)— bajé por la escalera de servicio hasta la puerta escondida detrás del biombo. Lo primero que vi fue a una mujer que tejía cerca de uno de los cálices de alabastro; a esa mujer que se llama Irene y a otra, dialogando; busqué más y con peligro de ser descubierto vi a Morel en una mesa, con cinco personas, jugando a las cartas; la muchacha que estaba de espaldas era Faustine; la mesa era chica, los pies estaban aglomerados y pasé unos minutos, quizá muchos, insensible a todo, queriendo averiguar si los pies de Morel y los de Faustine se tocaban. Esta lamentable ocupación desapareció completamente, fue sustituida por el horror que me dejaron la cara roja y los ojos muy redondos de un sirviente que estuvo mirándome y entró en el hall. Oí pasos. Me alejé corriendo. Me escondí entre la primera y segunda filas de columnas de alabastro, en el salón redondo, sobre el acuario. Debajo de mí nadaban peces idénticos a los que había sacado podridos en los días de mi llegada.

*

Ya tranquilo, me acerqué a la puerta. Faustine, Dora —su compañera de mesa— y Alec subían la escalera. Faustine se movía con estudiada lentitud. Por ese cuerpo interminable, por esas piernas demasiado largas, por esa tonta sensualidad, yo exponía la calma, el Universo, los recuerdos, la ansiedad tan vívida, la riqueza de conocer las costumbres de las mareas y más de una raíz inofensiva.

Los seguí. De improviso, entraron en un cuarto. Enfrente encontré una puerta abierta, un cuarto iluminado y vacío. Entré con mucha cautela. Sin duda, alguien que habría estado allí se olvidó de apagar la luz. El aspecto de la cama y de la mesa de *toilette*, la falta de libros, de ropa, del más leve desorden, garantían que nadie lo habitaba.

Estuve inquieto cuando los otros moradores del museo pasaron a sus cuartos. Oí los pasos en la escalera y quise apagar mi luz, pero fue imposible: la llave se había atrancado. No insistí. Hubiera llamado la atención una luz apagándose en un cuarto vacío.

Si no fuera por esa llave quizá me habría puesto a dormir, persuadido por la fatiga, por las muchas luces que veía apagarse en las rendijas de las puertas (¡y por la tranquilidad que me daba la presencia de la mujer cabezona en el cuarto de Faustine!). Preví que si alguien llegara a pasar por el corredor, entraría en mi cuarto, para apagar la luz (el resto del museo estaba a oscuras). Eso, tal vez, era inevitable; no muy peligroso. Al ver que la llave estaba atrancada, la persona se iría, para no molestar a los demás. Bastaba que me escondiera un poco.

Pensaba en todo esto cuando apareció la cabeza de Dora. Sus ojos pasaron por mí. Se fue, sin intentar apagar la luz.

Quedé con miedo casi convulsivo. Estaba yéndome y antes de salir recorrí la casa, imaginativamente, en busca de un escondite seguro. Me costaba dejar ese cuarto que permitía la vigilancia de la puerta de Faustine. Me senté en la cama y me dormí. Un rato después vi en sueños a Faustine. Entró en el cuarto. Estuvo muy cerca. Me desperté. No había luz. Traté de no moverme, de empezar a ver en la oscuridad, pero la respiración y el espanto eran incontenibles.

Me levanté, llegué al corredor, oí el silencio que había sucedido a la tormenta: nada lo interrumpía.

Empecé a caminar por el corredor, a sentir que inesperadamente se abriría una puerta y yo estaría en poder de unas manos bruscas y de una voz inamovible, burlona. El mundo extraño en que andaba preocupado en los últimos días, mis conjeturas y mis ansias, Faustine, no habrían sido más que efímeros trámites de la prisión y del patíbulo.

Bajé la escalera, por la oscuridad, cautelosamente. Llegué a una puerta y quise abrirla; fue imposible; ni siquiera pude mover el picaporte (conocía estas cerraduras que atrancan el picaporte; pero no comprendo el sistema de las ventanas: no tienen cerradura y los pasadores estaban atrancados). Iba convenciéndome de la imposibilidad de salir, aumentaban mis nervios y —tal vez por esto y por la impotencia en que me ponía la falta de luz— hasta las puertas interiores se volvían infranqueables. Unos pasos en la escalera de servicio me apresuraron mucho. No supe irme del cuarto. Caminé sin hacer ruido, guiado por una pared, hasta uno de los enormes cálices de alabastro; con esfuerzo y gran peligro, me deslicé adentro.

Estuve inquieto, largo tiempo, contra la superficie resbaladiza del alabastro y contra la fragilidad de la lámpara. Me pregunté si Faustine se habría quedado sola con Alec o si uno de ellos habría salido con Dora, o antes o después.

Esta mañana me despertaron las voces de una conversación (yo estaba muy débil y muy dormido para escuchar). Después ya no se oía nada.

Quería estar fuera del museo. Empecé a erguirme, temeroso de resbalar y deshacer la enorme lamparilla, de que alguien viera surgir mi cabeza. Con mucha languidez, laboriosamente, bajé del jarrón de alabastro. Esperando que se ordenaran un poco mis nervios me guarecí detrás de las cortinas. Estaba tan débil que no podía moverlas; me parecían rígidas y pesadas como las cortinas de piedra que hay en algunas tumbas. Imaginé, dolorosamente, artificiosos panes y otras comidas propias de la civilización: en el antecomedor las encontraría sin duda. Tuve desmayos superficiales, ganas de reírme; sin miedo caminé hasta el zaguán de la escalera. La puerta estaba abierta. No había nadie. Pasé al antecomedor, con una temeridad que me enorgullecía. Oí pasos. Quise abrir una puerta que da afuera y volví a encontrarme con uno de esos picaportes inexorables. Por la escalera de servicio bajaba alguien. Corrí hacia la entrada. Pude ver, por la puerta abierta, parte de una silla de paja y de unas piernas cruzadas. Volví en dirección de la escalera principal; allí también oí pasos. Había gente en el comedor. Entré en el hall, vi una ventana abierta y, casi al mismo tiempo, a Irene y a la mujer que la otra tarde hablaba de fantasmas, por un lado, y, por otro, al joven de ceño cargado de pelo, con un libro abierto, caminando hacia mí y declamando poesías francesas. Me detuve; caminé, tieso, entre ellos; casi los toqué al pasar; me arrojé por la ventana y, con las piernas doloridas por el golpe (hay como tres metros desde la ventana hasta el césped), corrí barranca abajo, con muchas caídas, sin fijarme si alguien miraba.

Preparé un poco de comida. Devoré con entusiasmo y, pronto, sin ganas.

Ahora casi no tengo dolores. Estoy más tranquilo. Pienso, aunque parezca absurdo, que tal vez no me hayan visto en el museo. Ha pasado todo el día y nadie ha venido a buscarme. Da miedo aceptar tanta suerte.

*

Tengo un dato que puede servir a los lectores de este informe para conocer la fecha de la segunda aparición de los intrusos: las dos lunas y los dos soles se vieron al día siguiente. Podría tratarse de una aparición local; sin embargo, me parece más probable que sea un fenómeno de espejismo, hecho con luna o sol, mar y aire, visible, seguramente, desde Rabaul y desde toda la zona. He notado que este segundo sol —quizá imagen de otro— es mucho más violento. Me parece que entre ayer y anteayer ha habido un ascenso infernal de temperatura. Es como si el nuevo sol hubiera traído un extremado verano a la primavera. Las noches son muy blancas: hay como un reflejo polar vagando por el aire. Pero imagino que las dos lunas y los dos soles no tienen mucho interés; han de haber llegado a todas partes, o por el cielo o en informaciones más doctas y completas. No los registro por atribuirles valor de poesía o de curiosidad, sino para que mis lectores, que reciben diarios y tienen cumpleaños, daten estas páginas.

Estamos viviendo las primeras noches con dos lunas. Pero ya se vieron dos soles. Lo cuenta Cicerón en *De Natura Deorum*:

> *Tum sole quod ut e patre audivi*
> *Tuditano et Aquilio consulibus evenerat.*

No creo haber citado mal.[1] M. Lobre, en el Instituto Miranda, nos hizo aprender de memoria las primeras cinco páginas del Libro Segundo y las últimas tres del Libro Tercero. No conozco nada más de *La naturaleza de los dioses.*

Los intrusos no vinieron a buscarme. Los veo aparecer y desaparecer en los bordes de la colina. Tal vez por alguna imperfección del alma (y la infinidad de mosquitos), he tenido nostalgias de la víspera, de cuando estaba sin esperanzas de Faustine y no en esta angustia. He tenido nostalgias de ese momento en que me sentí, otra vez, instalado en el museo, dueño de la subordinada soledad.

*

1. Se equivoca. Omite la palabra más importante: *geminato* (de *geminatus*, geminado, duplicado, repetido, reiterado). La frase es: *...; tum sole geminato, quod, ut e patre audivi, Tuditano et Aquilio consulibus evenerat; quo quidem anno P. Africanus sol alter extinctus est:...* Traducción de Menéndez y Pelayo: «*Los dos soles que, según oí a mi padre, se vieron en el Consulado de Tuditano y Aquilio; en el mismo año que se extinguió aquel otro sol de Publio Africano* (183 a. C.)». (NOTA DEL EDITOR).

Recuerdo ahora lo que pensaba anteanoche, en ese cuarto insistentemente iluminado. La naturaleza de los intrusos, de las relaciones que he tenido con los intrusos.

Intenté varias explicaciones:

Que yo tenga la famosa peste; sus efectos en la imaginación: la gente, la música, Faustine; en el cuerpo: tal vez lesiones horribles, signos de la muerte, que los efectos anteriores no me dejan ver.

Que el aire pervertido de los bajos y una deficiente alimentación me hayan vuelto invisible. Los intrusos no me vieron (o tienen una disciplina sobrehumana; descarté secretamente, con la satisfacción de obrar con habilidad, toda sospecha de simulación organizada, policial). Objeción: no soy invisible para los pájaros, los lagartos, las ratas, los mosquitos.

Se me ocurrió (precariamente) que pudiera tratarse de seres de otra naturaleza, de otro planeta, con ojos, pero no para ver, con orejas, pero no para oír. Recordé que hablaban un francés correcto. Extendí la monstruosidad anterior: que ese idioma fuera un atributo paralelo entre nuestros mundos, dedicado a distintos fines.

He llegado a la cuarta hipótesis por la aberración de contar sueños. Anoche soñé esto:

Yo estaba en un manicomio. Después de una larga consulta (¿el proceso?) con un médico, mi familia me había llevado ahí. Morel era el director. Por momentos, yo sabía que estaba en la isla; por momentos, creía estar en el manicomio; por momentos, era el director del manicomio.

No creo indispensable tomar un sueño por realidad, ni la realidad por locura.

Quinta hipótesis: los intrusos serían un grupo de muertos amigos; yo, un viajero, como Dante o Swedenborg, o si no otro muerto, de otra casta, en un momento diferente de su metamorfosis; esta isla, el purgatorio o cielo de aquellos muertos (queda enunciada la posibilidad de varios cielos; si hubiera uno y todos fueran allí y nos aguardasen un encantador matrimonio y todos sus miércoles literarios, muchos ya habríamos dejado de morir).

Ahora entendía por qué los novelistas proponen fantasmas quejosos. Los muertos siguen entre los vivos. Les cuesta cambiar de costumbres, renunciar al tabaco, al prestigio de violadores de mujeres. Estuve horrorizado (pensé con teatralidad interior) de ser invisible; horrorizado de que Faustine, cercana, estuviese en otro planeta (el nombre «Faustine» me puso melancólico); pero yo estoy muerto, yo estoy fuera de alcance (veré a Faustine, la veré irse y mis señas, mis súplicas, mis atentados, no la alcanzarán); aquellas soluciones horribles son esperanzas frustradas.

El manejo de estas ideas me daba una consistente euforia. Acumulé pruebas que mostraban mi relación con los intrusos como una relación entre seres en distintos planos. En esta isla podría haber sucedido una catástrofe imperceptible para sus muertos (yo y los animales que la habitaban); después habrían llegado los intrusos.

¡Que yo estuviera muerto! Cuánto me entusiasmó esta ocurrencia (vanidosamente, literariamente).

Recapitulé mi vida. La infancia, poco estimulante, con las tardes en el Paseo del Paraíso; los días anteriores a mi detención, como ajenos; mi larga huida; los meses que llevo en la isla. Tenía la muerte dos oportunidades para entreverarse en mi historia. En los días anteriores a la llegada de la policía a mi cuarto de la pensión hedionda y rosada, en Oeste 11, frente a la Pastora (el proceso habría sido ante los jueces definitivos; la huida y los viajes, el viaje al cielo, infierno o purgatorio acordado). La otra ocasión para la muerte aparecía en el viaje en bote. El sol me deshacía el cráneo y, aunque remé hasta aquí, he de haber perdido la conciencia mucho antes de llegar. De esos días todos los recuerdos son vagos, con excepción de una claridad infernal, un vaivén y un ruido del agua, un sufrimiento mayor que todas nuestras reservas de vida.

Hacía mucho que pensaba en esto, así que ya estaba un poco harto y seguí con menos lógica: no estuve muerto hasta que aparecieron los intrusos; en la soledad es imposible estar muerto. Para resucitar debo suprimir a los testigos. Será un exterminio fácil. No existo: no sospecharán su destrucción.

Estaba pensando en otra cosa, en un increíble proyecto de rapto privadísimo, como de sueño, que iba a contar solamente para mí.

En momentos de extrema ansiedad he imaginado estas explicaciones injustificables, vanas. El hombre y la cópula no soportan largas intensidades.

*

Esto es un infierno. Los soles están abrumadores. Yo no me siento bien. Comí unos bulbos parecidos a los nabos, muy fibrosos.

Los soles estaban arriba, uno más que otro, y, de improviso (creo haber mirado el mar hasta ese momento), apareció un buque muy cerca, entre los arrecifes. Fue como si me hubiera dormido (hasta las moscas vuelan dormidas, bajo este sol doble) y despertara, segundos u horas después, sin advertir que había dormido o que estaba despertando. El buque era de carga, blanco. «Mi sentencia», pensé indignado. «Sin duda vienen a explorar la isla». La chimenea, amarilla (como en buques de la Royal Mail y de la Pacific Line), altísima, dio tres pitadas. Los intrusos afluyeron a los bordes de la colina. Algunas mujeres saludaron con pañuelos.

El mar no se movía. Bajaron del buque una lancha. Tardaron casi una hora en hacer funcionar el motor. Desembarcó en la isla un marino vestido de oficial o de capitán. Los demás volvieron al buque.

El hombre subió a la colina. Tuve mucha curiosidad y, a pesar de mis dolores y de los bulbos difíciles de asimilar, subí por otro lado. Lo vi saludar respetuosamente. Le preguntaron qué tal viaje había tenido; si había *conseguido todo* en Rabaul. Yo estaba detrás de un fénix moribundo, sin miedo de ser visto (me parecía inútil esconderme). Morel se llevó al hombre hasta un banco. Hablaron.

Ya sabía a qué atenerme con ese buque. Debía de ser de los intrusos o de Morel. Venía para llevarlos.

«Tengo tres posibilidades», pensé. «Raptarla, meterme en el barco, dejarla ir».

«Vendrán a buscarla; tarde o temprano han de encontrarnos, si la rapto. ¿No habrá en toda la isla un sitio para esconderla?».

Me acuerdo que ponía cara de dolor para obligarme a pensar.

Se me ocurrió, también, sacarla de su cuarto en las primeras horas de la noche e irnos remando en el bote en que vine desde Rabaul. Pero ¿a dónde? ¿Se repetiría el milagro de ese viaje? ¿Cómo orientarme? Tirarme a la suerte con Faustine, ¿valdría las penurias demasiado largas que habría en ese bote en medio del océano? O demasiado breves: posiblemente, a pocos metros de la costa nos hundiríamos.

Si conseguía meterme en el buque, sería descubierto. Quedaba la posibilidad de hablar, de pedir que llamaran a Faustine o a Morel y de explicarles mi situación. Quizá habría tiempo —si mi historia cayera mal— de matarme o hacerme matar antes de llegar al primer puerto con prisión.

«Tengo que decidirme», pensé.

Un hombre alto, robusto, con la cara encendida, la barba mal afeitada, negra, modales afeminados, se acercó a Morel y le dijo:

—Se hace tarde. Todavía tenemos que prepararnos.

Morel contestó:

—Un momento.

El capitán se levantó; Morel, medio erguido, siguió hablándole, urgentemente. Le dio unas palmadas en la espalda y se volvió hacia el gordo, mientras el otro lo saludaba, y le preguntó:

—¿Vamos?

El gordo miró sonriendo inquisitivamente al muchacho de pelo negro y de cejas cargadas, y repitió:

—¿Vamos?

El muchacho asintió.

Los tres corrieron hacia el museo, prescindiendo de las señoras. El capitán se les acercó sonriendo cortésmente. El grupo siguió muy despacio a los tres caballeros.

Yo no sabía qué hacer. La escena, aunque ridícula, me pareció alarmante. ¿Para qué iban a prepararse? No estaba conmovido. Pensé que si los hubiera visto partir con Faustine, también habría dejado consumarse el preparado horror, inactivo, ligeramente nervioso.

Por suerte no había llegado el momento. La barba y las piernas flacas de Morel se vieron de lejos. Faustine, Dora, la mujer que vi una noche contando cuentos de fantasmas, Alec y los tres hombres que habían estado un rato antes bajaban hacia la pileta, en traje de baño. Yo me corrí de una planta a otra, para ver mejor. Las mujeres trotaban, sonrientes; los hombres daban saltos, como para quitarse un frío inconcebible en este régimen de dos soles. Preveía la desilusión que tendrían al asomarse a la pileta. Desde que no la cambio, el agua está impenetrable (al menos para una persona normal): verde, opaca, espumosa, con grandes matas de hojas que han crecido monstruosamente, con pájaros muertos y, sin duda, con víboras y sapos vivos.

Semidesnuda, Faustine es ilimitadamente hermosa. Tenía esa alegría de embelesados, un poco tonta, de la gente cuando se baña en público. Fue la primera en zambullirse. Los oí agitar el agua y reír.

Dora y la mujer vieja salieron primero. La vieja, con mucho movimiento de brazo, contó:

—Un, dos, tres.

Los otros, seguramente, corrían una carrera. Los hombres salieron exhaustos. Faustine estuvo un rato más en el agua.

Entretanto, los marineros habían desembarcado. Recorrían la isla. Me guarecí entre unas matas de palmeras.

*

Contaré fielmente los hechos que he presenciado entre ayer a la tarde y la mañana de hoy, hechos inverosímiles, que no sin trabajo habrá producido la realidad… Ahora parece que la verdadera situación no es la descripta en las páginas anteriores; que la situación que vivo no es la que yo creo vivir.

Cuando los bañistas fueron a vestirse, decidí vigilar día y noche. Sin embargo, pronto consideré injustificada esa medida.

Me iba, y apareció el muchacho de las cejas cargadas y del pelo negro. Un minuto después sorprendí a Morel, espiando, escondiéndose en una ventana. Morel bajó la escalinata. Yo no estaba lejos. Pude oírlo.

—No quise hablar porque había gente. Voy a someterle algo, a usted y a unos pocos.

—Someta.

—No aquí —dijo Morel, escrutando con desconfianza los árboles—. Esta noche. Cuando todos se vayan, quédese.

—¿Muerto de sueño?

—Mejor. Cuanto más tarde mejor. Pero, sobre todo, sea discreto. No quiero que las mujeres se enteren. La histeria me da histeria. Adiós.

Se alejó corriendo. Antes de entrar en la casa miró hacia atrás. El muchacho empezaba a subir. Lo detuvieron unos ademanes de Morel. Dio un paseo corto, con las manos en los bolsillos, silbando rudimentariamente.

Traté de pensar en lo que había visto, pero no tenía ganas. Estaba inquieto.

Transcurrió un cuarto de hora, más o menos.

Otro barbudo canoso, gordo, que no he consignado todavía en este informe, apareció en la escalinata, miró a lo lejos, alrededor. Bajó y se quedó frente al museo, inmóvil, aparentemente azorado.

Volvió Morel. Hablaron un minuto. Pude oír:

—¿... si yo le dijera que están registrados todos sus actos y palabras?

—No me importaría.

Me pregunté si habrían descubierto mi diario. Resolví mantenerme alerta. Impedir las tentaciones de la fatiga y de la distracción. No dejarme sorprender.

El gordo volvió a quedar solo, indeciso. Morel apareció con Alec (joven oriental y verdinegro). Se fueron los tres.

Salieron entonces caballeros y criados con sillas de paja, que pusieron a la sombra de un árbol del pan, grande y enfermo (he visto algunos ejemplares menos desarrollados en una vieja quinta, en Los Teques). Las damas ocuparon las sillas; a su alrededor los hombres se echaron en el pasto. Recordé tardes en la patria.

Faustine cruzó hacia las rocas. Es ya molesto cómo quiero a esta mujer (y ridículo: no hemos hablado ni una vez). Estaba con un traje de tenis y un pañuelo, casi violeta, en la cabeza. Lo que será recordar esos pañuelos cuando Faustine se haya ido.

Tenía ganas de ofrecerme para llevarle el bolso o la manta. La seguí de lejos; la vi dejar el bolso en una roca, estirar la manta; quedarse inmóvil contemplando el mar o la tarde, imponiéndoles su calma.

Se iba la última ocasión de tener suerte con Faustine. Podría arrodillarme, confesarle mi pasión, mi vida. No lo hice. No me pareció hábil. Es cierto que las mujeres acogen naturalmente cualquier homenaje. Pero más valía dejar que la situación se aclarara sola. Resulta sospechoso un desconocido que nos cuenta su vida, nos dice espontáneamente que ha estado preso, condenado a prisión perpetua, y que somos su razón de existir. Uno teme que todo sea un *chantage* para vender una lapicera labrada con *Bolívar - 1783-1830*, o una botella con un velero adentro. Otro sistema sería hablarle mirando el mar, como un loco muy contemplativo y sencillo: comentar los dos soles, nuestra afición a los ponientes; esperar un poco sus preguntas; referirle, de todos modos, que yo soy un escritor, que siempre he querido vivir en una isla solitaria; confesar la irritación que tuve a la llegada de su gente; contarle mi confinamiento a la parte inundable de la isla (esto permitiría amenas explicaciones de los bajos y sus calamidades) y así llegar a la declaración: ahora temo que se vayan, que venga un crepúsculo sin la dulzura, ya habitual, de verla.

Se levantó. Me puse nerviosísimo (como si Faustine hubiera oído lo que yo estaba pensando, como si la hubiera ofendido). Fue a buscar un libro que había dejado, medio salido de un bolso, en otra roca, a unos cinco metros. Volvió a sentarse. Abrió el libro, posó la mano en una hoja y quedó como adormecida, mirando la tarde.

Cuando se entró el más débil de los soles, Faustine se levantó de nuevo. La seguí… corrí, me tiré de rodillas y le dije, casi gritando:

—Faustine, la quiero.

Hice esto porque pensé que, tal vez, lo más conveniente fuera sacar partido de la inspiración, dejarla imponer su notable sinceridad. Ignoro el resultado. Me ahuyentaron unos pasos, una sombra densa. Me escondí detrás de una palmera. La respiración, alteradísima, casi no me dejaba oír.

Morel le decía que necesitaba hablarle. Faustine contestó:

—Bueno, vamos al museo. —(Oí esto claramente).

Hubo algunas discusiones. Morel se oponía:

—Quiero aprovechar esta ocasión… fuera del museo y de las miradas de nuestros amigos.

Le oí también: «ponerte sobre aviso»; «eres una mujer distinta»; «dominio de los nervios».

Puedo afirmar que Faustine se negó obstinadamente a quedarse. Morel transó:

—Esta noche, cuando todos se vayan, hazme el favor de quedarte.

Estuvieron caminando entre las palmeras y el museo. Morel hablaba mucho y hacía ademanes. En uno de esos movimientos, tomó el brazo de Faustine. Después caminaron en silencio.

Cuando los vi entrar en el museo, pensé que debía prepararme alguna comida para estar bien toda la noche y poder vigilar.

«Té para dos» y «Valencia» persistieron hasta más allá de la madrugada. Yo, a pesar de mis propósitos, comí poco. Ver a la gente ocupada con el baile, ver y probar las hojas viscosas, las raíces de sabor a tierra, los bulbos con ovillos de hilos notables y duros, no fueron argumentos ineficaces para determinarme a entrar en el museo y buscar pan y otros verdaderos comestibles.

Entré por la carbonera, a media noche. Había sirvientes en el antecomedor, en la despensa. Decidí esconderme, esperar que la gente se fuera a sus cuartos. Podría oír, tal vez, lo que Morel sometería a Faustine, al muchacho de las cejas, al gordo, al verdinegro Alec. Después robaría algunos alimentos y buscaría la manera de salir.

En realidad, la declaración de Morel no me importaba mucho. Me angustiaba el buque cerca de la playa; la fácil, la irremediable partida de Faustine.

Al pasar por el hall vi un fantasma del tratado de Belidor que me había llevado quince días antes; estaba en la misma repisa de mármol verde, en el mismo lugar de la repisa de mármol verde. Palpé el bolsillo: saqué el libro; los comparé: no eran dos ejemplares del mismo libro, sino dos veces el mismo ejemplar; con la tinta celeste corrida, envolviendo en una nube la palabra PERSE; con la rasgadura oblicua en la esquina de abajo, de afuera… Hablo de una identidad exterior… Ni siquiera pude tocar el libro que estaba sobre la mesa. Me escondí precipitadamente, para que no me descubrieran (primero, unas mujeres; después, Morel). Pasé por el salón del acuario y me escondí en el cuarto verde, en el biombo (formaba como una casita). Por una rendija podía ver el salón del acuario.

Morel daba órdenes:

—Aquí me pone una mesa y una silla.

Pusieron las otras sillas en filas, ante la mesa, como en sala de conferencias.

Tardísimo, fueron entrando casi todos. Hubo algún estrépito, alguna curiosidad, alguna meritoria sonrisa; predominaba la paz deshecha del cansancio.

—Nadie puede faltar —dijo Morel—. Hasta que lleguen todos, no empezaré.

—Falta Jane.

—Falta Jane Gray.

—No es para menos.

—Hay que ir a buscarla.

—¿Quién la saca ahora de la cama?

—No puede faltar.

—Está durmiendo.

—Yo no empiezo hasta verla aquí.

—Voy a buscarla —dijo Dora.

—Te acompaño —dijo el muchacho de las cejas.

He querido transcribir esta conversación fielmente. Si ahora no es natural, tiene culpa el arte o la memoria. Fue natural. Viendo a esa gente, oyendo esa conversación, nadie podía esperar un suceso mágico ni la negación de la realidad, que vino después (aunque todo ocurriera sobre un acuario iluminado, sobre peces coludos y líquenes, entre un bosque de columnas negras).

Morel habló con unas personas que no pude ver:

—Hay que buscarlo por toda la casa. Yo lo vi entrar en este cuarto, hace mucho.

¿De quién hablaba? Entonces creí que mi interés por la conducta de los intrusos quedaría satisfecho, definitivamente.

—Hemos recorrido toda la casa —dijo una voz rudimentaria.

—No importa. Tráiganlo —contestó Morel.

Me parecía que ya estaba acorralado. Quería salir. Me contuve. Había recordado que los cuartos de espejos eran infiernos de famosas torturas. Empezaba a sentir calor.

Después volvieron Dora y el muchacho, con una mujer vieja, alcoholizada (yo había visto a esta mujer en la pileta). Venían, también, dos individuos, aparentemente sirvientes, que se ofrecían para ayudar; se acercaron a Morel; uno de ellos dijo:

—Imposible hacer nada.

(Reconocí la voz rudimentaria de hacía un rato).

Dora gritó a Morel:

—Haynes está durmiendo en el cuarto de Faustine. Nadie será capaz de sacarlo.

¿Habían estado hablando de Haynes? No pensé que pudieran relacionarse las palabras de Dora y la conversación de Morel con los hombres. Hablaban de buscar a alguien y yo estaba asustado, dispuesto a descubrir en todo alusiones o amenazas. Ahora se me ocurre que tal vez nunca haya ocupado la atención de esta gente… Es más: ahora sé que no pueden buscarme.

¿Estoy seguro? Un hombre de buen sentido, ¿creería lo que oí ayer noche, lo que imagino saber? ¿Me aconsejaría olvidar la pesadilla de ver en todo una máquina organizada para capturarme?

Y si fuera una máquina para capturarme, ¿por qué tan compleja? ¿Por qué no detenerme, directamente? ¿No sería una locura esta laboriosa representación?

Nuestros hábitos suponen una manera de suceder las cosas, una vaga coherencia del mundo. Ahora la realidad se me propone cambiada, irreal. Cuando un hombre despierta o muere, tarda en deshacerse de los terrores del sueño, de las preocupaciones y de las manías de la vida. Ahora me costará perder la costumbre de temer a esta gente.

Morel tenía unas hojas de papel de seda amarillo, escritas a máquina. Las sacó de un bol de madera que estaba sobre la mesa. En el bol había muchísimas cartas prendidas con alfileres a recortes de avisos de *Yachting* y *Motor Boating*. Pedían precios de barcos viejos, condiciones de venta, informes para ir a revisarlos. Vi unas pocas.

—Quede Haynes dormido —dijo Morel—. Pesa mucho, y si van a buscarlo nunca llegará el momento de empezar.

*

Morel extendió los brazos y dijo con voz entrecortada:

—Debo hacerles una declaración.

Sonrió nerviosamente:

—No es grave. Para no cometer inexactitudes, he decidido leer. Por favor, escuchen:

(Empezó a leer las páginas amarillas que inserto en la carpeta. Hoy a la mañana, cuando me escapé del museo, estaban sobre la mesa; las tomé de ahí).[1]

«Tendrán que disculparme esta escena, primero fastidiosa, después terrible. La olvidaremos. Esto, asociado a la buena semana que hemos vivido, atenuará su importancia.

»Había resuelto no decirles nada. No hubieran pasado

---

1. Para mayor claridad hemos creído conveniente poner entre comillas lo que estaba escrito a máquina en esas páginas; lo que va sin comillas son anotaciones en los márgenes, a lápiz, y de la misma letra en que está escrito el resto del diario. (Nota del Editor).

por una inquietud muy natural. Yo habría dispuesto de todos, hasta el último instante, sin rebeliones. Pero, como son amigos, tienen derecho a saber».

En silencio movía los ojos, sonreía, temblaba; después siguió con ímpetu:

«Mi abuso consiste en haberlos fotografiado sin autorización. Es claro que no es una fotografía como todas; es mi último invento. Nosotros viviremos en esa fotografía, siempre. Imagínense un escenario en que se representa completamente nuestra vida en estos siete días. Nosotros representamos. Todos nuestros actos han quedado grabados».

—¡Qué impudor! —gritó un hombre de bigotes negros y dientes para afuera.

—Espero que sea broma —dijo Dora.

Faustine no sonreía. Parecía indignada.

«Podría haberles dicho, al llegar: "Viviremos para la eternidad". Tal vez lo hubiéramos arruinado todo, forzándonos para mantener una continua alegría. Pensé: "Cualquier semana que nosotros pasemos juntos, si no sentimos la obligación de ocupar bien el tiempo, será agradable". ¿No fue así?

»Entonces les he dado una eternidad agradable.

»Por cierto que las obras de los hombres no son perfectas. Aquí faltan algunos amigos. Claude se ha disculpado: trabaja la hipótesis, en forma de novela y de cartilla teológica, de un desacuerdo entre Dios y el individuo; hipótesis que le parece eficaz para hacerlo inmortal y que no quiere interrumpir. Madeleine hace dos años que no va a la montaña; teme por la salud. Leclerc se comprometió con los Davies para ir a Florida».

Agregó:

—El pobre Charlie, es claro…

Por el tono de estas palabras, más señalado en «pobre», por la solemnidad muda, con algunos cambios de postura y movimientos de sillas, que hubo en seguida, inferí que ese Charlie era un muerto; con más precisión: un muerto reciente.

Morel dijo después, como queriendo aliviar al auditorio:

—Pero lo tengo. Si alguno quiere verlo, puedo mostrárselo. Fue uno de mis primeros ensayos con buen resultado.

Se detuvo. Me parece que advirtió el nuevo cambio en la sala (en el primero había pasado de un aburrimiento afable a la pesadumbre, con ligera reprobación por el mal gusto de traer un muerto a la mitad de una broma; ahora estaba perpleja, casi horrorizada).

Volvió a los papeles amarillos, con precipitación.

«Mi cerebro ha tenido, desde hace mucho tiempo, dos ocupaciones primordiales: pensar mis inventos y pensar en…». Se restableció, decididamente, la simpatía entre Morel y la sala. «Por ejemplo, corto las páginas de un libro, paseo, cargo mi pipa, y estoy imaginando una vida feliz, con…».

Cada interrupción provocaba una salva de aplausos.

«Cuando completé el invento se me ocurrió, primero como un simple tema para la imaginación, después como un increíble proyecto, dar perpetua realidad a mi fantasía sentimental…

»Creerme superior y la convicción de que es más fácil enamorar a una mujer que fabricar cielos me aconsejaron obrar espontáneamente. Las esperanzas de enamorarla han quedado lejos; ya no tengo su confiada amistad; ya no tengo el sostén, el ánimo para encarar la vida.

»Convenía seguir una táctica. Trazar planes». (Morel cambió de tono, como queriendo cortar la gravedad que habían traído sus palabras). «En los primeros, o la convencía de venirnos solos (imposible: no la he visto sola desde que le confesé mi pasión) o la raptaba (habríamos estado peleando eternamente). Nótese que, por esta vez, no cabe exageración en la palabra "eternamente"». Alteró mucho este párrafo. Dijo —me parece— que había pensado raptarla, y ensayó algunas bromas.

«Ahora les explicaré mi invento».

✻

Hasta aquí un discurso repugnante y desordenado. Morel, mundano hombre de ciencia, cuando deja los sentimientos y entra en su valija de cables viejos, logra mayor precisión; su literatura continúa desagradable, rica en palabras técnicas y buscando en vano cierto impulso oratorio, pero es más clara. Juzgue el lector:

«¿Cuál es la función de la radiotelefonía? Suprimir, en cuanto al oído, una ausencia especial: valiéndonos de transmisores y receptores podemos reunirnos en una conversación con Madeleine, en este cuarto, y aunque ella esté a más de veinte mil kilómetros, en las afueras de Quebec. La televisión consigue lo mismo, en cuanto a la vista. Alcanzar vibraciones más rápidas, más lentas, será extenderse a los otros sentidos; a todos los otros sentidos.

»El cuadro científico de los medios de contrarrestar ausencias era, hace poco, más o menos así:

»En cuanto a la vista: la televisión, el cinematógrafo, la fotografía;

»En cuanto al oído: la radiotelefonía, el fonógrafo, el teléfono.[1]

»Conclusión:

»La ciencia, hasta hace poco, se había limitado a contrarrestar, para el oído y la vista, ausencias espaciales y temporales. El mérito de la primera parte de mis trabajos consiste en haber interrumpido una desidia que ya tenía el peso de las tradiciones y en haber continuado, con lógica, por caminos casi paralelos, el razonamiento y las enseñanzas de los sabios que mejoraron el mundo con los inventos que he mencionado.

»Quiero señalar mi gratitud hacia los industriales que, tanto en Francia (Société Clunie) como en Suiza (Schwachter, de Sankt Gallen), comprendieron la importancia

---

1. La omisión del telégrafo me parece deliberada. Morel es autor del opúsculo *Que nous envoie Dieu?* (palabras del primer mensaje de Morse); y contesta: «Un peintre inutile et une invention indiscrète». Sin embargo, cuadros como el *Lafayette* y el *Hércules moribundo* son indiscutibles. (NOTA DEL EDITOR).

de mis investigaciones y me abrieron sus discretos laboratorios.

»El trato de mis colegas no tolera el mismo sentimiento.

»Cuando fui hasta Holanda, para conversar con el insigne electricista Juan van Heuse, inventor de una máquina rudimentaria que permitiría saber si una persona miente, encontré muchas palabras de aliento, y, debo decirlo, una baja desconfianza.

»Desde entonces trabajé solo.

»Me puse a buscar ondas y vibraciones inalcanzadas, a idear instrumentos para captarlas y transmitirlas. Obtuve, con relativa facilidad, las sensaciones olfativas; las térmicas y las táctiles propiamente dichas requirieron toda mi perseverancia.

»Hubo, además, que perfeccionar los medios existentes. Los mejores resultados honraban a los fabricantes de discos de fonógrafo. Desde hace mucho era posible afirmar que ya no temíamos la muerte, en cuanto a la voz. Las imágenes habían sido archivadas muy deficientemente por la fotografía y por el cinematógrafo. Dirigí esta parte de mi labor hacia la retención de las imágenes que se forman en los espejos.

»Una persona o un animal o una cosa es, ante mis aparatos, como la estación que emite el concierto que ustedes oyen en la radio. Si abren el receptor de ondas olfativas, sentirán el perfume de las diamelas que hay en el pecho de Madeleine, sin verla. Abriendo el sector de ondas táctiles, podrán acariciar su cabellera, suave e invisible, y aprender, como ciegos, a conocer las cosas con las manos. Pero si abren todo el juego de receptores, aparece Madeleine, completa, reproducida, idéntica; no deben olvidar que se trata de imágenes extraídas de los espejos, con los sonidos, la resistencia al tacto, el sabor, los olores, la temperatura, perfectamente sincronizados. Ningún testigo admitirá que son imágenes. Y si ahora aparecen las nuestras, ustedes mismos no me creerán. Les costará menos pensar que he contratado una compañía de actores, de sosias inverosímiles.

»Ésta es la primera parte de la máquina; la segunda graba; la tercera proyecta. No necesita pantallas ni papeles; sus proyecciones son bien acogidas por todo el espacio y no importa que sea día o noche. En aras de la claridad osaré comparar las partes de la máquina con: el aparato de televisión que muestra imágenes de emisores más o menos lejanos; la cámara que toma una película de las imágenes traídas por el aparato de televisión; el proyector cinematográfico.

»Pensaba coordinar las recepciones de mis aparatos y tomar escenas de nuestra vida: una tarde con Faustine, ratos de conversación con ustedes; hubiera compuesto así un álbum de presencias muy durables y nítidas, que sería un legado de unos momentos a otros, grato para los hijos, los amigos y las generaciones que vivan otras costumbres.

»En efecto, imaginaba que si bien las reproducciones de objetos serían objetos —como una fotografía de una casa es un objeto que representa a otro—, las reproducciones de animales y de plantas no serían animales ni plantas. Estaba seguro de que mis simulacros de personas carecerían de conciencia de sí (como los personajes de una película cinematográfica).

»Tuve una sorpresa: después de mucho trabajo, al congregar esos datos armónicamente, me encontré con personas reconstituidas, que desaparecían si yo desconectaba el aparato proyector, sólo vivían los momentos pasados cuando se tomó la escena y al acabarlos volvían a repetirlos, como si fueran partes de un disco o de una película que al terminarse volviera a empezar, pero que, para nadie, podían distinguirse de las personas vivas (se ven como circulando en otro mundo, fortuitamente abordado por el nuestro). Si acordamos la conciencia, y todo lo que nos distingue de los objetos, a las personas que nos rodean, no podremos negárselos a las creadas por mis aparatos, con ningún argumento válido y exclusivo.

»Congregados los sentidos, surge el alma. Había que esperarla. Madeleine estaba para la vista, Madeleine estaba para el oído, Madeleine estaba para el sabor, Madeleine estaba para el olfato, Madeleine estaba para el tacto: ya estaba Madeleine».

He señalado que la literatura de Morel es desagradable, rica en palabras técnicas y que busca en vano cierto impulso oratorio. En cuanto a la cursilería, se manifiesta sola:

«¿Les cuesta admitir un sistema de reproducción de vida, tan mecánico y artificial? Recuerden que, en nuestra incapacidad de ver, los movimientos del prestidigitador se convierten en magia.

»Para hacer reproducciones vivas, necesito emisores vivos. No creo vida.

»¿No debe llamarse vida lo que puede estar latente en un disco, lo que se revela si funciona la máquina del fonógrafo, si yo muevo una llave? ¿Insistiré en que todas las vidas, como los mandarines chinos, dependen de botones que seres desconocidos pueden apretar? Y ustedes mismos, cuántas veces habrán interrogado el destino de los hombres, habrán movido las viejas preguntas: ¿A dónde vamos? ¿En dónde yacemos, como en un disco músicas inauditas, hasta que Dios nos manda nacer? ¿No perciben un paralelismo entre los destinos de los hombres y de las imágenes?

»La hipótesis de que las imágenes tengan alma parece confirmada por los efectos de mi máquina sobre las personas, los animales y los vegetales emisores.

»Es claro que no alcancé estos resultados sino después de muchos reveses parciales. Recuerdo que hice los primeros ensayos con empleados de la casa Schwachter. Sin prevenirlos, abría las máquinas y los tomaba trabajando. Había fallas, todavía, en el receptor; no congregaba armónicamente sus datos: en algunos, por ejemplo, la imagen no coincidía con la resistencia al tacto; a veces, los errores son imperceptibles para testigos poco especializados; otras, la desviación es amplia».

*

Stoever preguntó:

—¿Puedes mostrarnos esas primeras imágenes?

—Si ustedes me lo piden, cómo no; pero les advierto que hay fantasmas ligeramente monstruosos —contestó Morel.

—Muy bien —dijo Dora—. Que los muestre. Un poco de diversión nunca es malo.

—Yo quiero verlos —Stoever continuó— porque recuerdo unas muertes inexplicadas, en la casa Schwachter.

—Te felicito —dijo Alec, saludando—. Hemos encontrado un creyente.

Stoever respondió con seriedad:

—Idiota, ¿no has oído?: Charlie también fue tomado. Cuando Morel estaba en Sankt Gallen empezaron a morirse los empleados de la casa Schwachter. Yo vi las fotografías en revistas. Los reconoceré.

Morel, tembloroso y amenazador, salió del cuarto. Hablaban a gritos:

—Ahí tienes —dijo Dora—: lo has ofendido.

—Hay que ir a buscarlo.

—Parece mentira que hayas hecho eso con Morel.

Stoever insistió:

—¡Pero ustedes no comprenden!

—Morel es nervioso. No veo qué necesidad había de insultarlo.

—Ustedes no comprenden —Stoever gritó enfurecido—. Con su máquina ha tomado a Charlie, y Charlie ha muerto; ha tomado a empleados de la casa Schwachter, y hubo muertes misteriosas de empleados. ¡Ahora dice que nos ha tomado a nosotros!

—Y no estamos muertos —dijo Irene.

—Él también se tomó.

—¿No hay quien entienda que todo es una broma?

—El mismo enojo de Morel. Yo nunca lo vi enojado.

—Sin embargo, Morel se ha portado mal —dijo el de los dientes salidos—. Pudo avisarnos.

—Voy a buscarlo —dijo Stoever.

—Te quedas —gritó Dora.

—Iré yo —dijo el de los dientes salidos—. No a insultarlo; a pedirle que nos disculpe y que siga.

Se agolparon alrededor de Stoever. Trataban de calmarlo, excitados. Después de un rato volvió el hombre de los dientes:

—No quiere venir. Nos pide que lo disculpemos. Fue imposible traerlo.

Salieron Faustine, Dora, la mujer vieja.

Después no quedaron sino Alec, el de los dientes, Stoever e Irene. Parecían tranquilos, de acuerdo, serios. Se fueron.

Oía hablar en el hall, en la escalera. Se apagaron las luces y la casa quedó en una lívida luz de amanecer. Esperé, alerta. No había ruidos, no había casi luz. ¿La gente habría ido a acostarse? ¿O estaba al acecho, para capturarme? Estuve ahí, no sé cuánto tiempo, temblando, hasta que empecé a caminar (creo que para oír mis pasos y tener testimonio de alguna vida) sin advertir que hacía, tal vez, lo que mis presuntos perseguidores habían previsto.

Fui hasta la mesa, guardé los papeles en el bolsillo. Pensé, con miedo, que el cuarto no tenía ventanas, que debía pasar por el hall. Caminé con una extrema lentitud; la casa me parecía ilimitada. Estuve inmóvil en la puerta del hall. Por fin, caminé despacio, en silencio, hasta una ventana abierta; salté y me vine corriendo.

*

Cuando llegué a los bajos tuve un sentimiento confuso de reprobación por no haber huido el primer día, por haber querido averiguar los misterios de esa gente.

Después de la explicación de Morel me pareció que todo era una maniobra de la policía; no me perdonaba mi lentitud en comprenderlo.

Esto es absurdo, pero creo que puedo justificarlo. ¿Quién no desconfiaría de una persona que dijera: «Yo y mis compañeros somos apariencias, somos una nueva clase de fotografías»? En mi caso la desconfianza es aún más justificada: se me acusa de un crimen, he sido condenado a prisión perpetua y es posible que todavía mi captura sea la profesión de alguno, su esperanza de mejora burocrática.

Pero como estaba cansado me dormí en seguida, entre vagos proyectos de fuga. Había sido un día de mucha agitación.

Soñé con Faustine. El sueño era muy triste, muy emocionante. Nos despedíamos; venían a buscarla; se iba el barco. Después volvíamos a estar solos, despidiéndonos con amor. Lloré durante el sueño y me desperté con una inconsolable desesperanza porque Faustine no estaba y con llorado consuelo porque nos habíamos querido sin disimulo. Temí que se hubiera consumado, durante mi sueño, la partida de Faustine. Me levanté. El barco se había ido. Mi tristeza fue hondísima, fue la decisión de matarme; pero, al subir los ojos, vi a Stoever, a Dora y después a otros, en el borde de la colina.

No tuve necesidad de ver a Faustine. Me creía seguro: ya no me importaba que estuviera o que no estuviera.

Comprendí que era cierto lo que había dicho, horas antes, Morel (pero es posible que no lo hubiera dicho, por primera vez, horas antes, sino algunos años atrás; lo repetía porque estaba en la semana, en el disco eterno).

Sentí repudio, casi asco, por esa gente y su incansable actividad repetida. Aparecieron muchas veces, arriba, en los bordes. Estar en una isla habitada por fantasmas artificiales era la más insoportable de las pesadillas; estar enamorado de una de esas imágenes era peor que estar enamorado de un fantasma (tal vez siempre hemos querido que la persona amada tenga una existencia de fantasma).

*

Agregaré a continuación las páginas (de los papeles amarillos) que Morel no leyó:

«Ante la imposibilidad de ejecutar mi primer proyecto —llevarla a casa y tomar una escena de felicidad mía o recíproca— concebí otro que es, seguramente, mejor.

»Descubrí esta isla en las circunstancias que ustedes conocen. Tres condiciones me la recomendaron: 1.ª) las mareas; 2.ª) los arrecifes; 3.ª) la luminosidad.

»La regularidad ordinaria de las mareas lunares y la

abundancia de mareas meteorológicas aseguran un servicio casi constante de fuerza motriz. Los arrecifes son un vasto sistema de murallas contra invasores; un hombre los conoce; es nuestro capitán, McGregor; he cuidado que no vuelva a arriesgarse en estos peligros. La clara, no deslumbrante luminosidad permite esperar una merma verdaderamente exigua en la captación de imágenes.

»Les confieso que, una vez descubiertas estas generosas virtudes, no dudé en invertir mi fortuna en la compra de la isla y en la construcción del museo, de la iglesia, de la pileta. Alquilé ese barco de carga que ustedes llaman *el yacht*, para que nuestra venida fuera más agradable.

»La palabra "museo", que uso para designar esta casa, es una sobrevivencia del tiempo en que trabajaba los proyectos de mi invento, sin conocimiento de su alcance. Entonces pensaba erigir grandes álbumes o museos, familiares y públicos, de estas imágenes.

»Ha llegado el momento de anunciar: Esta isla, con sus edificios, es nuestro paraíso privado. He tomado algunas precauciones —físicas, morales— para su defensa: creo que lo protegerán. Aquí estaremos eternamente —aunque mañana nos vayamos— repitiendo consecutivamente los momentos de la semana y sin poder salir nunca de la conciencia que tuvimos en cada uno de ellos, porque así nos tomaron los aparatos; esto nos permitirá sentirnos en una vida siempre nueva, porque no habrá otros recuerdos en cada momento de la proyección que los habidos en el correspondiente de la grabación, y porque el futuro, muchas veces dejado atrás, mantendrá siempre[1] sus atributos».

*

Aparecen de vez en cuando. Ayer he visto a Haynes en los bordes; hace dos días, a Stoever, a Irene; hoy, a Dora y a otras mujeres. Me impacientan la vida; si quiero ordenarla, debo alejar de mi atención estas imágenes.

Destruirlas, destruir los aparatos que las proyectan (sin duda están en el sótano) o romper el rodillo, son mis tentaciones favoritas; me contengo, no quiero ocuparme de los compañeros de isla porque me parece que no les falta materia para convertirse en obsesiones.

Sin embargo no creo que este peligro me amenace. Estoy demasiado ocupado en sobrevivir al agua, al hambre, a las comidas.

Ahora busco la manera de instalar una cama permanente; no la encontraré si me quedo en los bajos; los árboles están podridos; no pueden sostenerme. Pero estoy resuelto a cambiar de situación: cuando hay grandes mareas no duermo y los demás días las inundaciones menores irrumpen en mi sueño, siempre a distinta hora. No me acostumbro a este baño. Tardo en dormirme, pensando en el momento en que el agua, barrosa y tibia, va a taparme la cara y producirme un ahogo momentáneo.

---

1 *Siempre:* Sobre la duración de nuestra inmortalidad; sus máquinas, simples y de materiales escogidos, son más incorruptibles que el Metro, que está en París. (NOTA DE MOREL).

Quiero que la creciente no me sorprenda, pero la fatiga me vence y ya está el agua, en silencio, como una vaselina de bronce, forzándome las vías respiratorias. El resultado es una fatiga dolorosa, una inclinación a irritarme y abatirme ante cualquier dificultad.

*

Estuve leyendo los papeles amarillos. Encuentro que distinguir por las ausencias —espaciales o temporales— los medios de superarlas lleva a confusiones. Habría que decir, tal vez: «Medios de alcance y medios de alcance y retención». La radiotelefonía, la televisión, el teléfono son, exclusivamente, «de alcance»; el cinematógrafo, la fotografía, el fonógrafo —*verdaderos archivos*— son «de alcance y retención».

Todos los aparatos de contrarrestar ausencias son, pues, medios de alcance (antes de tener la fotografía o el disco hay que tomarla, grabarlo).

Asimismo, no es imposible que toda ausencia sea, definitivamente, espacial… En una parte o en otra estarán, sin duda, la imagen, el contacto, la voz, de los que ya no viven (*nada se pierde…*).

Queda insinuada la esperanza que estudio y por la que he de ir al sótano del museo, a mirar las máquinas.

Pensé de los que ya no viven: alguna vez pescadores de ondas los congregarán, de nuevo, en el mundo. Tuve ilusiones de alcanzar algo yo mismo. Tal vez, de inventar un sistema para recomponer las presencias de los muertos. Quizá pudiera ser el aparato de Morel con un dispositivo que le impidiera captar las ondas de los emisores vivientes (de mayor relieve, sin duda).

La inmortalidad podrá germinar en todas las almas, en las descompuestas y en las actuales. Pero ¡ay!, los más recientes muertos nos asomarán a tanto bosque de remanencias como los más antiguos. Para formar un solo hombre ya disgregado, con todos sus elementos y sin dejar entrar ninguno extraño, habrá que tener el paciente deseo de Isis, cuando reconstruyó a Osiris.

La conservación indefinida de las almas en funcionamiento está asegurada. O mejor dicho: estará completamente asegurada el día que los hombres entiendan que para defender su lugar en la tierra les conviene predicar y practicar el malthusianismo.

Es lamentable que Morel haya escondido en esta isla su invento. Tal vez me equivoque; tal vez Morel sea un personaje famoso. Si no, como premio por comunicar el invento, yo podría alcanzar el indebido indulto de mis perseguidores. Pero si Morel no lo comunicó, lo habrá hecho alguno de sus amigos. Con todo, es extraño que no se hablara de esto cuando salí de Caracas.

*

Me he sobrepuesto a la repulsión nerviosa que sentía por las imágenes. No me preocupan. Vivo confortablemente en el museo, libre de las crecidas. Duermo bien, estoy descansado y tengo, nuevamente, la serenidad que me permitió burlar a los perseguidores, llegar a esta isla.

Es verdad que el roce de las imágenes me produce un

ligero malestar (sobre todo, si estoy distraído); esto pasará también, y ya el hecho de poder distraerme supone que vivo con cierta naturalidad.

Estoy acostumbrándome a ver a Faustine, sin emoción, como a un simple objeto. Por curiosidad, la sigo desde hace unos veinte días. Tuve pocas dificultades, a pesar de que abrir las puertas —aun las cerradas sin llave— es imposible (porque si estaban cerradas cuando se grabó la escena, tienen que estarlo cuando se proyecta). Tal vez pudiera forzarlas, pero temo que una rotura parcial descomponga todo el aparato (no lo creo probable).

Faustine, al retirarse a su cuarto, cierra la puerta. En una sola ocasión no me será posible entrar sin tocarla: cuando la acompañan Dora y Alec. Después estos dos salen rápidamente. Esa noche, en la primera semana, quedé en el pasillo, frente a la puerta cerrada y al ojo de la llave, que mostraba un sector vacío. En la otra semana quise ver desde afuera y caminé por la cornisa, con gran peligro, lastimándome las manos y las rodillas contra la aspereza de las piedras, que abrazaba asustado (hay como cinco metros de altura). Las cortinas me impidieron ver.

En la próxima ocasión venceré el temor que me queda y entraré en el cuarto con Faustine, Dora y Alec.

Paso las otras noches a lo largo de la cama de Faustine, en el suelo, sobre una estera, y me conmuevo mirándola descansar tan ajena a la costumbre de dormir juntos que vamos teniendo.

*

Un hombre solitario no puede hacer máquinas ni fijar visiones, salvo en la forma trunca de escribirlas o dibujarlas, para otros, más afortunados.

Para mí ha de ser imposible descubrir algo mirando las máquinas: herméticas, funcionarán obedeciendo a las intenciones de Morel. Mañana lo sabré con certeza. Hoy no he podido ir al sótano; he pasado la tarde juntando alimentos.

Sería pérfido suponer —si un día llegaran a faltar las imágenes— que yo las he destruido. Al contrario: mi propósito es salvarlas, con este informe. Las amenazan invasiones del mar e invasiones de las hordas propagadas por el crecimiento de la población. Duele pensar que mi ignorancia, preservada por toda la biblioteca —sin un libro que pueda servir para trabajos científicos—, quizá también las amenace.

No abundaré sobre los peligros que acechan a esta isla, a la tierra y a los hombres, en el olvido de las profecías de Malthus; en cuanto al mar, hay que decir: en cada una de las grandes mareas he temido el naufragio total de la isla; en un café de pescadores, de Rabaul, oí que las islas Ellice o «de las lagunas» son inestables, unas desaparecen y otras emergen (¿estoy en ese archipiélago? El siciliano y Ombrellieri son mis autoridades).

Asombra que el invento haya engañado al inventor. Yo también creí que las imágenes vivían; pero nuestra situación no era la misma: Morel había imaginado todo; había presenciado y había conducido el desarrollo de su obra; yo la enfrenté concluida, funcionando.

Esta ceguera del inventor con respecto al invento nos admira, y nos recomienda la circunspección en los juicios... Tal vez yo esté generalizando sobre los abismos de un hombre, moralizando con una peculiaridad de Morel.

Aplaudo la orientación que dio, sin duda inconscientemente, a sus tanteos de perpetuación del hombre: se ha limitado a conservar las sensaciones; y, aun equivocándose, predijo la verdad: el hombre surgirá solo. En todo esto hay que ver el triunfo de mi viejo axioma: «No debe intentarse retener vivo todo el cuerpo».

Razones lógicas nos autorizan a desechar las esperanzas de Morel. Las imágenes no viven. Sin embargo, me parece que, teniendo este aparato, conviene inventar otro, que permita averiguar si las imágenes sienten y piensan (o, por lo menos, si tienen los pensamientos y las sensaciones que pasaron por los originales durante la exposición; es claro que la relación de sus conciencias (?) con estos pensamientos y sensaciones no podrá averiguarse). El aparato, muy parecido al actual, estará dirigido a los pensamientos y sensaciones del emisor; a cualquier distancia de Faustine, podremos tener sus pensamientos y sensaciones, visuales, auditivas, táctiles, olfativas, gustativas.

Y algún día habrá un aparato más completo. Lo pensado y lo sentido en la vida —o en los ratos de exposición— será como un alfabeto, con el cual la imagen seguirá comprendiendo todo (como nosotros, con las letras de un alfabeto, podemos entender y componer todas las palabras). La vida será, pues, un depósito de la muerte. Pero aun entonces la imagen no estará viva; objetos esencialmente nuevos no existirán para ella. Conocerá todo lo que ha sentido o pensado, o las combinaciones ulteriores de lo que ha sentido o pensado.

El hecho de que no podamos comprender nada fuera del tiempo y del espacio tal vez esté sugiriendo que nuestra vida no sea apreciablemente distinta de la sobrevivencia a obtenerse con este aparato.

Cuando intelectos menos bastos que el de Morel se ocupen del invento, el hombre elegirá un sitio apartado, agradable, se reunirá con las personas que más quiera y perdurará en un íntimo paraíso. Un mismo jardín, si las escenas a perdurar se toman en distintos momentos, alojará innumerables paraísos, cuyas sociedades, ignorándose entre sí, funcionarán simultáneamente, sin colisiones, casi por los mismos lugares. Serán, por desgracia, paraísos vulnerables, porque las imágenes no podrán ver a los hombres, y los hombres, si no escuchan a Malthus, necesitarán algún día la tierra del más exiguo paraíso y destruirán a sus indefensos ocupantes o los recluirán en la posibilidad inútil de sus máquinas desconectadas.[1]

1. Bajo el epígrafe de

> *Come, Malthus, and in Ciceronian prose*
> *Show what a rutting Population grows,*
> *Until the Produce of the Soil is spent,*
> *And Brats expire for lack of Aliment.*

el autor se demora en una apología, elocuente y con argumentos poco nuevos, de Tomás Roberto Malthus y de su *Ensayo sobre el*

*

Durante diecisiete días vigilé. Ni un enamorado habría descubierto motivos para sospechar de Morel y de Faustine.

No creo que Morel aludiera a ella en el discurso (aunque fue la única en no celebrarlo con risas). Pero admitiendo que Morel esté enamorado de Faustine, ¿cómo puede afirmarse que Faustine esté enamorada?

Si queremos desconfiar, nunca faltará la ocasión. Una tarde pasean del brazo, entre las palmeras y el museo, ¿hay algo extraño en esta caminata de amigos?

Por mi propósito de cumplir con el *hostinato rigore* de la divisa, la vigilancia alcanzó una amplitud que me honra; no tuve en cuenta la comodidad ni el decoro: el control fue tan severo debajo de las mesas como en la altura en que se mueven habitualmente las miradas.

En el comedor, una noche, otra en el hall, las piernas se tocan. Si admito la malicia, ¿por qué desecho la distracción, la casualidad?

Repito: no hay prueba definitiva de que Faustine sienta amor por Morel. Tal vez el origen de las sospechas esté en mi egoísmo. Quiero a Faustine: Faustine es el móvil de todo; temo que esté enamorada: demostrarlo es la misión de las cosas. Cuando estaba preocupado con la persecución policial, las imágenes de esta isla se movían,

---

principio de la población. Por razones de espacio la hemos suprimido. (NOTA DEL EDITOR).

como piezas de ajedrez, siguiendo una estrategia para capturarme.

*

Morel se enfurecería si yo hiciera público el invento. Esto es seguro y no creo que pueda evitarse con elogios. Sus amigos se agruparían bajo una común indignación (también, Faustine). Pero si ésta se hubiera disgustado con él —no compartía las risas durante el discurso— tal vez se aliara conmigo.

Queda la hipótesis de la muerte de Morel. En ese caso, alguno de sus amigos habría difundido el invento. Si no, tendríamos que suponer una muerte colectiva, una peste, un naufragio. Todo increíble; pero queda inexplicado el hecho de que no se tuviera noticia del invento cuando yo salí de Caracas.

Una explicación podría ser que no le hayan creído, que Morel estuviera loco, o, mi primera idea, que todos estuviesen locos, que la isla fuera un sanatorio de locos.

Estas explicaciones requieren tanta imaginación como la epidemia o el naufragio.

Si llegara a Europa, a América o al Japón, pasaría un tiempo difícil. Cuando empezara a ser un charlatán famoso —antes de ser un inventor famoso— vendrían las acusaciones de Morel y, tal vez, una orden de arresto, desde Caracas. Lo que sería más triste es que me pusiera en ese trance el invento de un loco.

Pero debo convencerme: no necesito huir. Vivir con las imágenes es una dicha. Si llegan los perseguidores, se olvidarán de mí ante el prodigio de esta gente inaccesible. Me quedaré.

Si la encontrara a Faustine, cómo la haría reír contándole todas las veces que he hablado, enamorado y sollozando, a su imagen. Considero que este pensamiento es un vicio: lo escribo para fijarle límites, para ver que no tiene encanto, para dejarlo.

*

La eternidad rotativa puede parecer atroz al espectador; es satisfactoria para sus individuos. Libres de malas noticias y de enfermedades, viven siempre como si fuera la primera vez, sin recordar las anteriores. Además, con las interrupciones impuestas por el régimen de las mareas, la repetición no es implacable.

Acostumbrado a ver una vida que se repite, encuentro la mía irreparablemente casual. Los propósitos de enmienda son vanos: yo no tengo próxima vez, cada momento es único, distinto, y muchos se pierden en los descuidos. Es cierto que para las imágenes tampoco hay próxima vez (todas son iguales a la primera).

Puede pensarse que nuestra vida es como una semana de estas imágenes y que vuelve a repetirse en mundos contiguos.

*

Sin conceder nada a mi debilidad puedo imaginar la llegada emocionante a casa de Faustine, el interés que tendrá por mis relatos, la amistad que estas circunstancias ayudarán a establecer. Quién sabe si no estoy verdaderamente en camino, largo y difícil, hacia Faustine, hacia el necesario descanso de mi vida.

Pero ¿dónde vive Faustine? La seguí durante semanas. Habla del Canadá. No sé más. Pero hay otra pregunta que puede escucharse —con horror—: ¿vive Faustine?

Tal vez porque la idea me parezca tan poéticamente desgarradora —buscar a una persona que ignoro dónde vive, que ignoro si vive—, Faustine me importa más que la vida.

¿Hay alguna posibilidad de hacer el viaje? El bote se ha podrido. Los árboles están podridos; no soy tan buen carpintero como para fabricar un bote con otras maderas (por ejemplo, con sillas o puertas; ni siquiera estoy seguro de haber podido hacerlo con árboles). Esperaré que pase un barco. Es lo que no he querido. Mi vuelta ya no será secreta. Jamás he visto un barco, desde aquí; excepto el de Morel, que era el simulacro de un barco.

Además, si llego al destino de mi viaje, si encuentro a Faustine, estaré en una de las situaciones más penosas de mi vida. Habrá que presentarse con algunos misterios; pedirle hablar a solas; ya esto, de parte de un desconocido, la hará desconfiar; después, cuando sepa que fui testigo de su vida, pensará que busco sacar algún provecho deshonesto; y al saber que soy un condenado a prisión perpetua, verá confirmados sus temores.

Antes no se me ocurría que un acto pudiera traerme buena o mala suerte. Ahora repito, de noche, el nombre de Faustine. Naturalmente que me gusta pronunciarlo;

pero estoy angustiado de cansancio y sigo repitiéndolo (a veces tengo mareos y ansiedad de enfermo cuando me duermo).

※

Cuando me calme encontraré la manera de salir. Por ahora, contando lo que me ha pasado, obligo a mis pensamientos a ordenarse. Y si debo morir, comunicarán la atrocidad de mi agonía.

Ayer no hubo imágenes. Desesperado, ante secretas máquinas en reposo, tuve presentimientos de que no vería otra vez a Faustine. Pero hoy a la mañana estaba subiendo la marea. Me fui antes que aparecieran las imágenes. Vine al cuarto de máquinas, a comprenderlas (para no estar a la merced de las mareas y poder subsanar las fallas). Había pensado que si veía las máquinas ponerse en funcionamiento quizá las comprendiera o, por lo menos, pudiera sacar una orientación para estudiarlas. Esta esperanza no se cumplió.

Entré por el agujero abierto en la pared y me quedé... Estoy dejándome llevar por la emoción. Debo componer las frases. Cuando entré sentí la misma sorpresa y la misma felicidad que la primera vez. Tuve la impresión de andar por el inmóvil fondo azulado de un río. Me senté a esperar, dando la espalda a la rotura que yo había hecho (me dolía esa interrupción en la celeste continuidad de la porcelana).

Así estuve un rato, plácidamente distraído (ahora me parece inconcebible). Después las máquinas verdes empezaron a funcionar. Las comparé con la bomba de sacar agua y con los motores de luz. Las miré, las oí, las palpé con atención, de muy cerca, inútilmente. Pero, como en seguida me parecieron inabordables, quizá haya fingido la atención, como por compromiso o por vergüenza (de haberme apresurado en venir a los sótanos, de haber esperado tanto ese momento), como si alguien mirara.

En mi cansancio he vuelto a sentir agolpada la agitación. Debo reprimirla. Reprimiéndome, encontraré la manera de salir.

Cuento circunstanciadamente lo que me ha ocurrido: me volví y caminé con la vista baja. Al mirar la pared tuve la sensación de estar desorientado. Busqué el agujero que yo había hecho. No estaba.

Creí que podría ser un interesante fenómeno de óptica y di un paso de lado, para ver si continuaba. Extendí los brazos con ademán de ciego. Palpé todas las paredes. Recogí del suelo trozos de porcelana, de ladrillo, que había hecho caer al abrir el agujero. Palpé la pared en ese mismo lugar, mucho tiempo. Tuve que aceptar que se había reconstruido.

¿He podido estar fascinado con la claridad celeste del cuarto, interesado en el funcionamiento de los motores, como para no oír a un albañil rehaciendo la pared?

Me acerqué. Sentí la frescura de la porcelana en la oreja, y oí un silencio interminable, como si el otro lado hubiera desaparecido.

En el suelo, donde lo dejé caer al entrar la primera vez, estaba el hierro que me sirvió para romper el muro. «Menos mal que no lo vieron —dije con patética ignorancia de mi situación—. Lo hubiera dejado llevar, sin darme cuenta».

Volví a juntar mi oído a ese muro que parecía final. Asegurado por el silencio, busqué el sitio de la abertura que yo había hecho y empecé a golpear (creyendo que me costaría más romper donde la mezcla era vieja). Di muchos golpes; crecía la desesperación. La porcelana, por dentro, era invulnerable. Los golpes más fuertes, más cansadores, resonaban contra su dureza y no abrían una grieta superficial ni desprendían un leve fragmento de su esmalte celeste.

Contuve los nervios. Descansé.

Acometí de nuevo, en otros sitios. Cayeron trozos de esmalte, y cuando cayeron grandes trozos de pared estuve golpeando, con los ojos nublados y con una urgencia desproporcionada al peso del hierro, hasta que la resistencia de la pared, que no disminuía proporcionalmente a la sucesión y al esfuerzo de los golpes, me arrojó al suelo, lloroso de fatiga. Primero vi, toqué los pedazos de mampostería, de un lado pulidos, del otro ásperos, terrosos; luego, en una visión tan lúcida que parecía efímera y sobrenatural, mis ojos encontraron la celeste continuidad de la porcelana, la pared indemne y toda, el cuarto cerrado.

Volví a golpear. En algunas partes soltaba pedazos de pared, que no dejaban ver ninguna cavidad ni clara ni sombría, que se reconstruían con una prontitud mayor que la de mi vista y alcanzaban, entonces, aquella dureza invulnerable que ya había encontrado en el sitio de la abertura.

Me puse a gritar «¡socorro!», embestí algunas veces la pared y me dejé caer. Tuve una imbecilidad con llantos, con ardor húmedo en la cara. Me conmovía el pavor de estar en un sitio encantado y la revelación confusa de que lo mágico aparecía a los incrédulos como yo, intransmisible y mortal, para vengarse.

Acosado por las terribles paredes celestes, levanté los ojos al tragaluz, donde estaban interrumpidas. Vi, mucho tiempo sin entender y luego asustado, una rama de cedro que se desviaba de sí misma y se convertía en dos; después volvían las dos ramas a compenetrarse, dóciles como fantasmas, a coincidir en una sola. Dije en voz alta o pensé muy claramente: «No podré salir. Estoy en un sitio encantado». Al formular esto sentí vergüenza, como un impostor que ha llevado la simulación demasiado lejos, y comprendí todo:

Estas paredes —como Faustine, Morel, los peces del acuario, uno de los soles y una de las lunas, el tratado de Belidor— son proyecciones de las máquinas. Coinciden con las paredes hechas por los albañiles (son las mismas paredes tomadas por las máquinas y después reflejadas sobre sí mismas). En donde yo he roto o suprimido la pared primera, queda la reflejada. Como es una proyección, ningún poder es capaz de cruzarla o suprimirla (mientras funcionen los motores).

Si rompo íntegramente la primera pared, cuando los motores no funcionen este cuarto de máquinas quedará abierto, no será un cuarto, será un ángulo de otro; cuando funcionen, la pared volverá a interponerse, impenetrable.

Morel ha de haber ideado esta protección con doble muro para que ningún hombre llegue a las máquinas que mantienen su inmortalidad. Pero estudió las mareas deficientemente (sin duda en otro período solar) y creyó que la usina podría funcionar sin interrupciones. Seguramente es el inventor de la peste famosa que hasta ahora ha protegido muy bien a la isla.

Mi problema es detener los motores verdes. No ha de ser difícil encontrar la llave que los desconecte. En un día aprendí a manejar la usina de luz y la bomba de sacar agua. Salir de aquí no ha de resultarme difícil.

El tragaluz me ha salvado, o me salvará, porque no he de morir de hambre, resignado, más allá de la desesperación, saludando a lo que dejo, como ese capitán japonés, de virtuosa y burocrática agonía, en un asfixiante submarino, en el fondo del mar. En el *Nuevo Diario* leí la carta encontrada en el submarino. El muerto saluda al Emperador, a los ministros y, en orden jerárquico, a todos los marinos que puede enumerar mientras aguarda la asfixia. Además, anota observaciones como éstas: «Ahora sangro por la nariz; me parece que los tímpanos se me han roto».

Al narrar circunstanciadamente esta acción, la he repetido. Espero no repetir su final.

Los horrores del día quedan asentados en mi diario. Escribí mucho: me parece inútil buscar inevitables analogías con los moribundos que hacen proyectos de largos futuros o que ven, en el instante de ahogarse, una minuciosa imagen de toda su vida. El momento final debe de ser atropellado, confuso; siempre estamos tan lejos que no podemos imaginar las sombras que lo enturbian. Ahora dejaré de escribir para dedicarme, serenamente, a encontrar la manera de que estos motores se detengan. Entonces la brecha se abrirá de nuevo, como ante un conjuro; si no (aunque pierda a Faustine para siempre), les daré unos golpes con el hierro, como hice con la pared, y los romperé y la brecha se abrirá como ante un conjuro y yo estaré afuera.

*

Todavía no he logrado detener los motores. Me duele la cabeza. Leves ataques de nervios, que pronto domino, me sacan de una somnolencia progresiva.

Tengo la impresión, indudablemente ilusoria, de que si pudiera recibir un poco de aire de afuera no tardaría en resolver estos problemas. He arremetido contra el tragaluz; es invulnerable, como todo lo que me encierra.

Me repito que la dificultad no se halla en mi sopor ni en la falta de aire. Estos motores deben de ser muy diferentes de todos los otros. Parece lógico suponer que Morel los haya diseñado de manera que no los entienda el primero que llegue a la isla. Sin embargo, la dificultad de manejarlos ha de consistir en diferencias con otros motores. Como yo no entiendo ninguno, esa mayor dificultad desaparece.

Del funcionamiento de los motores depende la eternidad de Morel; puedo suponer que son muy sólidos; debo contener, pues, mi impulso de romperlos a golpes.

Sólo conseguiré cansarme y malgastar el aire. Para contenerme, escribo.

Si a Morel se le hubiera ocurrido grabar los motores…

*

Por fin, el temor a la muerte me libró de la superstición de incompetencia: fue como si me hubiera acercado por vidrios de aumento: los motores dejaron de ser un casual montón de hierros, tuvieron formas, disposiciones que permitían entender su cometido.

Desconecté, salí.

En el cuarto de máquinas pude reconocer (además de la bomba de sacar agua y del motor de luz, ya mencionados):

a) Un grupo de transmisores de energía vinculados al rodillo que hay en los bajos;

b) Un grupo fijo de receptores, grabadores y proyectores, con una red de aparatos colocados estratégicamente que actúan sobre toda la isla;

c) Tres aparatos portátiles, receptores, grabadores y proyectores, para exposiciones aisladas.

Descubrí, en algo que yo suponía el motor más importante y era una caja de herramientas, unos planos incompletos, que me dieron trabajo y dudosa ayuda.

La clarividencia en que se produjo este reconocimiento no vino en seguida. Mis estados anteriores fueron:

1.º La desesperación;

2.º Un desdoblamiento en actor y espectador. Estuve ocupado en sentirme en un asfixiante submarino, en el fondo del mar, en un escenario. Sereno ante mi actitud sublime, confuso como un héroe, perdí tiempo y a la salida era de noche y ya no había luz para buscar raíces comestibles.

*

Primero hice funcionar los receptores y proyectores para exposiciones aisladas. Puse flores, hojas, moscas, ranas. Tuve la emoción de verlas aparecer, reproducidas y las mismas.

Después cometí la imprudencia.

Puse la mano izquierda ante el receptor; abrí el proyector y apareció la mano, solamente la mano, haciendo los perezosos movimientos que había hecho cuando la grabé.

Ahora es como otro objeto o casi animal que hay en el museo.

Dejo andar el proyector, no hago que la mano desaparezca; su vista más bien curiosa, no es desagradable.

Esta mano, en un cuento, sería una terrible amenaza para el protagonista. En la realidad, ¿qué mal puede hacer?

*

Los emisores vegetales —hojas, flores— murieron después de cinco o seis horas; las ranas, después de quince.

Las copias sobreviven, incorruptibles.

Ignoro cuáles son las moscas verdaderas y cuáles las artificiales.

A las flores y a las hojas tal vez les haya faltado agua. No di alimentos a las ranas; han de haber sufrido, asimismo, por el cambio de ambiente.

En cuanto a los efectos sobre la mano, sospecho que vengan de los temores provocados en mí por la máquina, y no de ella misma. Tengo un ardor continuo, pero débil. Se me ha caído algo de piel. Anoche estaba inquieto. Presentía horribles transformaciones en la mano. Soñé que la rascaba, que la deshacía fácilmente. La habré lastimado entonces.

*

Un día más será intolerable.

Primero sentí curiosidad ante un párrafo del discurso de Morel. Después, muy divertido, creí hacer un descubrimiento. No sé cómo ese descubrimiento cambió en este otro, atinado, ominoso.

No me daré muerte en seguida. Es ya costumbre de mis teorías más lúcidas deshacerse al día siguiente, quedar como pruebas de una combinación asombrosa de ineptitud y entusiasmo (o desesperación). Tal vez mi idea, una vez escrita, pierda la fuerza.

He aquí la frase que me asombró:

«Tendrán que disculparme esta escena, primero fastidiosa, después terrible».

¿Por qué terrible? Sabrían que habían sido fotografiados de un modo nuevo, sin aviso. Es cierto que saber *a posteriori* que ocho días de nuestra vida, en todos sus pormenores, quedaron grabados para siempre, no ha de ser agradable.

Pensé también, en algún momento: «Una de esas personas tendrá un secreto horrible; Morel tratará de conocerlo o revelarlo».

Por casualidad recordé que el fundamento del horror de ser representados en imágenes, que algunos pueblos sienten, es la creencia de que, al formarse la imagen de una persona, el alma pasa a la imagen y la persona muere.

Hallar escrúpulos en Morel, por haber fotografiado a sus amigos sin consentimiento, me divirtió; en efecto, creí descubrir, en la mente de un sabio contemporáneo, la supervivencia de aquel antiguo temor.

Leí de nuevo la frase:

«Tendrán que disculparme esta escena, primero fastidiosa, después terrible. La olvidaremos».

¿Qué significa esto último? ¿Que pronto no le darán importancia o que ya no podrán recordarla?

La discusión con Stoever fue terrible. Stoever ha concebido la misma sospecha que yo. No sé cómo tardé tanto en comprenderlo.

Además, la hipótesis de que las imágenes tienen alma parece necesitar, como fundamento, que los emisores la pierdan al ser tomados por los aparatos. El mismo Morel lo declara:

«La hipótesis de que las imágenes tengan alma parece confirmada por los efectos de mi máquina sobre las personas, los animales y los vegetales emisores».

En verdad, hay que tener una conciencia muy dominante y audaz, confundible con la inconsciencia, para hacer esta declaración a las propias víctimas; pero es una monstruosidad que parece no discordar con el hombre que, siguiendo una idea, organiza una muerte colectiva y decide, por sí mismo, la solidaridad de todos los amigos.

¿Cuál era esa idea? ¿Aprovechar la reunión casi completa de sus amigos para obtener un paraíso muy bueno, o una incógnita que no he sondeado? Si hay una incógnita, es posible que no tenga interés para mí.

Creo poder identificar ahora a los tripulantes muertos del barco bombardeado por el crucero *Namura*: Morel aprovechó su propia muerte y la de sus amigos para confirmar los rumores sobre la enfermedad que tendría el deletéreo vivero en esta isla; rumores ya difundidos por Morel, para proteger su máquina, su inmortalidad.

Pero todo esto, que razono juiciosamente, significa que Faustine ha muerto; que no hay más Faustine que esta imagen, para la que no existo.

*

Entonces la vida es intolerable para mí. ¿Cómo seguiré en la tortura de vivir con Faustine y de tenerla tan lejos? ¿Dónde buscarla? Fuera de esta isla, Faustine se ha perdido con los ademanes y con los sueños de un pasado ajeno.

En las primeras páginas he dicho:

«Siento con desagrado que este papel se transforma en testamento. Si debo resignarme a eso, he de procurar que mis afirmaciones puedan comprobarse; de modo que nadie, por encontrarme alguna vez sospechoso de falsedad, crea que miento al decir que he sido condenado injustamente. Pondré este informe bajo la divisa de Leonardo —*Hostinato rigore*—[1] e intentaré seguirla».

Mi vocación es el llanto y el suicidio; sin embargo, no olvido ese rigor pactado.

A continuación corrijo errores y aclaro todo aquello que no tuvo aclaración explícita: abreviaré así la distancia entre el ideal de exactitud que me guió desde el principio y la narración.

Las mareas: He leído el librito de Belidor (Bernardo Forest de). Empieza con una descripción general de las mareas. Confieso que las de esta isla prefieren seguir esa explicación, y no la mía. Debe tenerse en cuenta que yo nunca había estudiado las mareas (tal vez en el colegio, donde nadie estudiaba) y que las describí en los primeros capítulos de este diario, cuando sólo empezaban a tener importancia para mí. Antes, mientras viví en la colina, no fueron un peligro, y aunque me interesaran, no tenía tiempo para observarlas despacio (casi todo lo demás era un peligro).

Mensualmente, de acuerdo con Belidor, hay dos mareas de amplitud máxima, en los días de luna llena y nueva, y dos mareas de amplitud mínima, en los días de cuartos lunares.

---

1. No aparece en el encabezamiento del manuscrito. ¿Hay que atribuir esta omisión a un olvido? No sabemos; como en todo lugar dudoso elegimos el riesgo de críticas, la fidelidad al original. (NOTA DEL EDITOR).

Alguna vez, a los siete días de una marea de luna llena o nueva, habrá ocurrido una marea meteorológica (provocada por fuertes vientos y lluvias): seguramente de ahí salió mi error de que las mareas grandes ocurren una vez por semana.

Explicación de la impuntualidad de las mareas diarias: según Belidor las mareas llegan cincuenta minutos más tarde, por día, en el creciente de luna, y cincuenta minutos más temprano, en el menguante. Esto no es completamente exacto en la isla: creo que el adelanto o el atraso ha de ser de un cuarto de hora a veinte minutos diarios; doy estas observaciones modestas, sin aparatos de medición: tal vez los sabios aporten lo que falta y puedan sacar alguna conclusión útil para el mejor conocimiento del mundo que habitamos.

En este mes hubo numerosas mareas grandes: dos fueron lunares; las otras, meteorológicas.

Apariciones y desapariciones. Primera y siguientes: Las máquinas proyectan las imágenes. Las máquinas funcionan con la fuerza de las mareas.

Después de períodos más o menos largos, con mareas de poca amplitud, hubo sucesiones de mareas que llegaron al molino de los bajos. Las máquinas funcionaron y el disco eterno siguió andando en el momento de la semana en que se había detenido.

Si el discurso de Morel ocurrió en la última noche de la semana, la primera aparición habrá ocurrido en la noche del tercer día.

La falta de imágenes durante el largo período anterior

a la primera aparición tal vez se deba a que el régimen de las mareas varía con los períodos solares.

Los dos soles y las dos lunas: Como la semana se repite a lo largo del año, se ven estos soles y lunas no coincidentes (y también los moradores con frío en días de calor; bañándose en aguas sucias; bailando entre los matorrales o en el temporal). Si la isla se hundiera —con excepción de los sitios donde están las máquinas y los proyectores—, las imágenes, el museo, la misma isla seguirían viéndose.

Ignoro si el calor excesivo de ese último tiempo se debe a la superposición de la temperatura que hubo al tomarse la escena con la temperatura actual.[1]

Árboles y otros vegetales: Los que grabó la máquina están secos; los que no grabó —las plantas anuales (flores, yerbas) y los árboles nuevos— están lozanos.

La llave de luz, los pasadores atrancados. Cortinas inamovibles: Adáptese a los pasadores y llaves de luz lo que dije, hace mucho, de las puertas:

«Si estaban cerradas cuando se tomó la escena, tienen que estarlo cuando se proyecta».

Por la misma razón las cortinas son inamovibles.

---

1. La hipótesis de la superposición de temperaturas no me parece necesariamente falsa (un pequeño calentador es insoportable en un día de verano), pero creo que la verdadera explicación es otra. Estaban en primavera; la semana eterna fue grabada en verano; al funcionar, las máquinas reflejan la temperatura del verano. (NOTA DEL EDITOR).

La persona que apaga la luz: La persona que apaga la luz del cuarto opuesto al de Faustine es Morel. Entra, se queda un momento frente a la cama. Recordará el lector que, en mi sueño, Faustine hizo todo eso. Me fastidia haber confundido a Morel con Faustine.

Charlie. Fantasmas imperfectos: Primero no los encontraba. Ahora creo haber dado con sus discos. No los pongo. Pueden ser afligentes, no convenir a mi situación (futura).

Los españoles que vi en el antecomedor: Son empleados de Morel.

Cámaras subterráneas. Biombo de espejos: Le oí decir a Morel que sirven para experimentos de óptica y de sonido.

Los versos franceses declamados por Stoever: Los anoté:

> *Âme, te souvient-il, au fond du paradis,*
> *De la gare d'Auteuil et des trains de jadis?*

Stoever le dice a la vieja que son de Verlaine.

Ya no han de quedar puntos inexplicables, en mi diario.[1] Hay elementos para comprender casi todo. Los capítulos que faltan no sorprenderán.

---

1. Queda el más increíble: la coincidencia, en un mismo espacio, de un objeto y su imagen total. Este hecho sugiere la posibilidad de que el mundo esté constituido, exclusivamente, por sensaciones. (NOTA DEL EDITOR).

Quiero explicarme la conducta de Morel.

Faustine evitaba su compañía; él, entonces, tramó la semana, la muerte de todos sus amigos, para lograr la inmortalidad con Faustine. Con esto compensaba la renuncia a las posibilidades que hay en la vida. Entendió que, para los otros, la muerte no sería una evolución perjudicial; a cambio de un plazo de vida incierto, les daría la inmortalidad con sus amigos preferidos. También dispuso de la vida de Faustine.

Pero la misma indignación que siento me pone en guardia: quizá atribuya a Morel un infierno que es mío. Yo soy el enamorado de Faustine; el capaz de matar y de matarse; yo soy el monstruo. Quizá Morel nunca se haya referido a Faustine en el discurso; quizá estuviera enamorado de Irene, de Dora o de la vieja.

Estoy exaltado, soy necio. Morel ignora esas favoritas. Quería a la inaccesible Faustine. ¡Por eso la mató, se mató con todos sus amigos, inventó la inmortalidad!

La hermosura de Faustine merece estas locuras, estos homenajes, estos crímenes. Yo la he negado, por celos o defendiéndome, para no admitir la pasión.

Ahora veo el acto de Morel como un justo ditirambo.

*

Mi vida no es atroz. Si dejo las intranquilas esperanzas de partir en busca de Faustine, puedo acomodarme al destino seráfico de contemplarla.

Está ese camino: vivir, ser el más feliz mortal.

Pero la condición de mi dicha, como todo lo humano, es inestable. La contemplación de Faustine podría —aunque no *pueda* tolerarlo, ni aun como pensamiento— interrumpirse:

Por una descompostura de las máquinas (no sé arreglarlas);

Por alguna duda que podría sobrevenir y arruinarme este paraíso (debo reconocer que hay, entre Morel y Faustine, conversaciones y ademanes capaces de inducir en error a personas de carácter menos firme);

Por mi propia muerte.

La verdadera ventaja de mi solución es que hace de la muerte el requisito y la garantía de la eterna contemplación de Faustine.

*

Estoy a salvo de los interminables minutos necesarios para preparar mi muerte en un mundo sin Faustine; estoy a salvo de una interminable muerte sin Faustine.

Cuando me sentí dispuesto abrí los receptores de actividad simultánea. Han quedado grabados siete días. Representé bien: un espectador desprevenido puede imaginar que no soy un intruso. Esto es el resultado natural de una laboriosa preparación: quince días de continuos ensayos y estudios. Infatigablemente, he repetido cada uno de mis actos. Estudié lo que dice Faustine, sus preguntas y respuestas; muchas veces intercalo con habilidad alguna frase; parece que Faustine me contesta. No siempre la sigo; conozco sus movimientos y suelo caminar por delante. Espero que, en general, demos la impresión de ser amigos inseparables, de entendernos sin necesidad de hablar.

La esperanza de suprimir la imagen de Morel me ha turbado. Sé que es un pensamiento inútil. Sin embargo, al escribir estas líneas, siento el mismo empeño, la misma turbación. Me vejó la dependencia de las imágenes (en especial, de Morel con Faustine). Ahora no: entré en ese mundo; ya no puede suprimirse la imagen de Faustine sin que la mía desaparezca. Me alegra también depender —y esto es más extraño, menos justificable— de Haynes, Dora, Alec, Stoever, Irene, etcétera (¡del propio Morel!).

Cambié los discos; las máquinas proyectarán la nueva semana, eternamente.

Una molesta conciencia de estar representando me quitó naturalidad en los primeros días; la he vencido; y si la imagen tiene —como creo— los pensamientos y los estados de ánimo de los días de la exposición, el goce de contemplar a Faustine será el medio en que viviré la eternidad.

Con una incansable vigilancia mantuve el espíritu libre de inquietudes. He procurado no investigar los actos de Faustine; olvidar los odios. Tendré la recompensa de una eternidad tranquila; más aún: he llegado a sentir la duración de la semana.

La noche que Faustine, Dora y Alec entran en el cuarto, contuve triunfalmente los nervios. No intenté averiguación alguna. Ahora tengo un ligero fastidio por haber dejado ese punto sin aclarar. En la eternidad no le doy importancia.

Casi no he sentido el proceso de mi muerte; empezó en los tejidos de la mano izquierda; sin embargo, ha prosperado mucho; el aumento del ardor es tan paulatino, tan continuo, que no lo noto.

Pierdo la vista. El tacto se ha vuelto impracticable; se me cae la piel; las sensaciones son ambiguas, dolorosas; procuro evitarlas.

Frente al biombo de espejos, supe que estoy lampiño, calvo, sin uñas, ligeramente rosado. Las fuerzas disminuyen. En cuanto al dolor, tengo una impresión absurda: me parece que aumenta, pero que lo siento menos.

La persistente, la ínfima ansiedad por las relaciones de Morel con Faustine me preserva de atender a mi destrucción; es un efecto inesperado y benéfico.

Por desgracia, no todas mis cavilaciones son tan útiles: hay —solamente en la imaginación, para inquietarme— la esperanza de que toda mi enfermedad sea una vigorosa autosugestión; que las máquinas no hagan daño; que Faustine viva, y dentro de poco yo salga a buscarla; que nos riamos juntos de estas falsas vísperas de la muerte; que lleguemos a Venezuela; a otra Venezuela, porque para mí tú eres, Patria, los señores del Gobierno, las milicias con uniforme de alquiler y mortal puntería, la persecución unánime en la autopista a La Guaira, en los túneles, en la fábrica de papel de Maracay; sin embargo te quiero, y desde mi disolución muchas veces te saludo: eres también los tiempos de *El Cojo Ilustrado*: un grupo de hombres (y yo, un chico, atónito, respetuoso) gritados por Orduño, de ocho a nueve de la mañana, mejorados por los versos de Orduño, desde el Panteón hasta el café de la Roca Tarpeya, en el 10, abierto y deshecho tranvía, fervorosa escuela literaria. Eres el pan cazabe, grande como un escudo y libre de insectos. Eres la inundación en los llanos, con toros, yeguas, tigres, arrastrados urgentemente por las aguas. Y tú, Elisa, entre lavanderos chinos, en cada recuerdo pareciéndote más a Faustine; les dijiste que me llevaran a Colombia y atravesamos el páramo cuando estaba bravo; los chinos me cubrieron con hojas ardientes y peludas de frailejón, para que no muriera de frío; mientras mire a Faustine, no te olvidaré, ¡y yo creí que no te quería! Y la Declaración de la Independencia que nos leía todos los 5 de julio, en la sala elíptica del Capitolio, el imperioso Valentín Gómez, mientras nosotros —Orduño y los discípulos—, para desairarlo, reverenciábamos el arte en el cuadro de Tito Salas *El general Bolívar atraviesa la frontera de Colombia*; sin embargo, confieso que después, cuando la banda tocaba «Gloria al bravo pueblo» («que el yugo lanzó / la ley respetando / la virtud y honor») no podíamos reprimir la emoción patriótica, la emoción que ahora no reprimo.

Pero mi férrea disciplina derrota incesantemente a estas ideas, comprometedoras de la calma final.

Aún veo mi imagen en compañía de Faustine. Olvido que es una intrusa; un espectador no prevenido podría creerlas igualmente enamoradas y pendientes una de otra. Tal vez este parecer requiera la debilidad de mis ojos. De todos modos, consuela morir asistiendo a un resultado tan satisfactorio.

Mi alma no ha pasado, aún, a la imagen; si no, yo habría muerto, habría dejado de ver (tal vez) a Faustine, para estar con ella en una visión que nadie recogerá.

Al hombre que, basándose en este informe, invente una máquina capaz de reunir las presencias disgregadas, haré una súplica. Búsquenos a Faustine y a mí, hágame entrar en el cielo de la conciencia de Faustine. Será un acto piadoso.